DER LETZTE BUS

Psychothriller

Urs Aebersold

© 2019 Urs Aebersold

Coverfoto: Pixabay

Verlag: tredition GmbH, Hamburg

ISBN

Paperback: 978-3-7469-7720-1

Hardcover: 978-3-7469-7721-8

e-Book: 978-3-7469-7722-5

Das Werk, einschließlich seiner Teile, ist urheberrechtlich geschützt. Jede Verwertung ist ohne Zustimmung des Verlages und des Autors unzulässig. Dies gilt insbesondere für die elektronische oder sonstige Vervielfältigung, Übersetzung, Verbreitung und öffentliche Zugänglichmachung.

DER LETZTE BUS

Mit herrischer Geste ließ sie den Verschluß um sein rechtes Handgelenk zuschnappen, dann hing er nach vorne geneigt nackt und hilflos in dem Metallgerüst, an Armen und Beinen mit Eisenketten gefesselt, um den Hals ein breites Lederhalsband, von dem eine kurze Leine herunter hing. Fast sah es so aus, als machte er Schwimmübungen oder als wollte er fliegen. Mühsam hob er den Kopf und sah seine Herrin ängstlich an, und sofort verengten sich ihre Augen zu schmalen Schlitzen.

"Hab' ich dir nicht verboten, mich anzuschauen? Du weißt, was das bedeutet..."

Ihr großer, üppiger Körper war ganz in glänzendes, schwarzes Latex gehüllt, nur die Augen, die Nase, der Mund, die Hände, ein Teil ihrer vollen Brüste mit den rosa Nippeln und ihr Venushügel waren zu sehen. Sie trat einen Schritt vor und stand nun seitlich vor ihm, ihre Augen blitzten, als sie die Peitsche hob. Er schielte zwischen ihre Beine, als die ersten Schläge auf seinen Rücken und sein Gesäß niedersausten, doch der Schmerz, der ihn durchzuckte, verwandelte sich für ihn augenblicklich in süße, heiße Liebkosungen. Er spürte, wie er unter den rhythmisch herabprasselnden Hieben allmählich anschwoll, und obschon er genau wußte, daß ihm die

Ekstase nicht erlaubt war, die unaufhaltsam in ihm wuchs, tat er nichts, um die Eruption zu verhindern. Er stöhnte, bäumte sich auf und hing wieder schlaff an den Ketten.

Die Herrin ließ die Peitsche sinken, griff mit der anderen Hand nach der Leine und riß ihm gewaltsam den Kopf nach oben. Er wagte nicht, sie anzuschauen.

"Du mieses, kleines Stück Dreck, du kannst einfach nicht gehorchen... ich binde dich jetzt los und dann leckst du deine Schweinerei von meinem Boden auf, verstanden?"

"Ja, Herrin..."

Ein unendliches, köstliches Glücksgefühl durchrieselte seinen Körper.

1

Eben noch in höchster Ekstase vereint, lagen sie jetzt einträchtig und erschöpft nebeneinander, die Gliedmaßen noch immer ineinander verknäult. Von draußen drangen nur ganz schwach vereinzelte Verkehrsgeräusche ins Zimmer, das abrupte Abbremsen eines Autos, das Knattern eines Motorrads, das schrille Hupen einer Kolonne im Stau.

Lisbeth wandte ihr Gesicht ihrem Geliebten zu, lächelte ihn glücklich an und fuhr ihm sanft mit einer Hand über die Wange. Sie sprach im Flüsterton.

"Ich darf gar nicht daran denken, was mit mir wäre, wenn es dich nicht gäbe..."

Patrick drehte sich auf die Seite, rückte sein Gesicht ganz nahe an ihres heran und legte einen Arm um sie.

"Was soll *ich* erst sagen... ohne dich hätte ich meine Pläne nie aus der Schublade geholt..."

Lisbeth stützte sich auf ihren Ellbogen und sah verträumt in die Ferne.

"Patrick und Liz geben sich die Ehre... herzlich willkommen zur Eröffnung des ultimativen <Cake Shop> von San Francisco..."

Lisbeth ließ sich wieder auf den Rücken fallen, ein Schatten huschte über ihr Gesicht. Patrick entging ihr Stimmungswechsel nicht, und er ließ sie nicht aus seiner Umarmung.

"Dein Sohn kommt mit, mach' dir keine Sorgen... ein Mann, der Mutter und Kind schlägt, hat doch nach der Scheidung keine Chance..."

Lisbeth atmete geräuschvoll aus.

"Ich wünschte, ich hätte deine Zuversicht... in vierzehn Tagen laß' ich die Bombe platzen, dann bekommt er Post von meinem Anwalt..."

Unvermittelt sprang sie aus dem Bett, sie war wieder voller Energie.

"Die drei Stunden Wellness sind vorbei, jetzt muß ich auch danach aussehen, wenn ich nach Hause komme..."

Patrick schob sich an der Wand hoch, stopfte sich ein Kissen in den Rücken und sah ihr träge dabei zu, wie sie mit gewandten Bewegungen ihres zarten, geschmeidigen Körpers ihre Kleidungsstücke aufsammelte.

"Aber versuch' nicht so unverschämt zu strahlen, dieses Blitzen in den Augen bekommt man nicht durch irgendwelche Kurpackungen..."

"Dann darfst du mich nicht so sehr verwöhnen..."

Die Kleidung in den erhobenen Händen, küßte sie ihn kurz auf den Mund, bevor sie im Bad verschwand.

Lisbeths ältere Schwester Caroline stand mit den beiden Jungs schon in der Tür, als sie mit langen

Schritten in den Gartenweg einbog, um ihren Sohn abzuholen. Anton schob seinen Cousin Benny beiseite, stürzte auf seine Mutter zu und umarmte sie heftig.

"Wundere dich nicht, wenn er dauernd von der Schule spricht, Benny hat ihm den Mund wäßrig gemacht..."

"Ja, nächstes Jahr ist es soweit..."

Die beiden Schwestern küßten sich flüchtig auf die Wange, dann senkte Lisbeth die Stimme.

"Ist etwas auffällig an mir?"

"Nur deine gute Laune..."

"Keine Bange, die vergeht mir, bis ich zu Hause bin..."

Lisbeth faßte Anton an der Hand.

"Ich bin spät dran, der Bus wartet nicht..."

Caroline schüttelte mißbilligend den Kopf.

"Nicht mal ein eigenes Auto gönnt er dir..."

Lisbeth verdrehte wortlos die Augen, wandte sich um und eilte mit Anton zum Gartentor. Caroline legte ihren Arm um Bennys Schulter und sah ihrer Schwester nachdenklich nach.

Vor der Bushaltestelle am kleinen Park wartete ein gutes Dutzend Leute. Es war inzwischen dunkel geworden, die Autos fuhren bereits mit Scheinwerferlicht. Vom Bus war noch nichts zu sehen. Als sich Lisbeth zu den anderen Wartenden gesellte, zog Anton plötzlich an ihrer Hand.

"Mama, ich muß dringend piseln..."

Lisbeth beugte sich ärgerlich zu ihrem Sohn hinunter.

"Kannst du es dir nicht verkneifen? Der Bus kommt jeden Augenblick..."

Anton sah seine Mutter stumm an, seine Haltung war völlig verkrampft.

"Also gut, aber beeil' dich... geh' einfach hinter einen Busch..."

Anton sauste los und suchte sich das nächstbeste Gestrüpp. Die Erleichterung war groß, als der Strahl in hohem Bogen über die Blätter rieselte. Er zog den Reißverschluß zu und wollte wieder zurück, als von ganz in der Nähe plötzlich erregte, flüsternde Stimmen an sein Ohr drangen und er dreimal hintereinander ein leises <Plopp> vernahm. Es war ein Geräusch wie damals, als ein Nachbarsjunge mit einem Luftgewehr auf Eichhörnchen schoß. Er schob sich vorsichtig hinter dem Gebüsch hervor und ging ein paar Schritte in die Richtung, aus der das Geräusch gekommen war, schlich zum nächsten Busch und sah dahinter einen Mann mit ausgestreckten Armen und Beinen auf dem Boden liegen. Daneben, mit dem Rücken zu Anton, kauerte eine Gestalt, die aus der Jackentasche des Mannes einen Umschlag hervor zog und sich hastig umblickte. Die Gestalt schnellte hoch, und erst jetzt konnte Anton sehen, daß es eine Frau war. Sie starrte auf das Gestrüpp, hinter dem sich Anton verbarg, dann drehte sie sich unvermittelt um und war wie ein Blitz zwischen den Bäumen des Parks verschwunden. Wie hypnotisiert trat Anton näher und starrte auf den reglosen Körper, unter dem sich rasch eine dunkel schimmernde Lache ausbreitete. Mühsam riß er sich los und rannte so schnell er konnte zur Haltestelle zurück.

Der Bus war mittlerweile gekommen, alle Fahrgäste waren eingestiegen und sahen mürrisch zu, wie die Mutter, einen Fuß auf dem Einstiegstritt, mit dem Jungen schimpfte, der wie in Panik angelaufen kam. Sie stiegen ein, und der Busfahrer fuhr betont ruppig los.

Lisbeth schob ihren Sohn nach hinten in eine leere Sitzreihe und nahm neben ihm Platz. Allmählich beruhigte sie sich ein wenig, und erst jetzt fiel ihr auf, wie still, ja förmlich erstarrt Anton war. So ängstlich kannte sie ihn nur in den Momenten, wenn sein Vater wieder einmal die Beherrschung verlor. Aber so eine übertriebene Reaktion, bloß weil sie seinetwegen beinahe den Bus verpaßt hätten? Sachte legte sie ihm eine Hand auf den Kopf.

"Was ist denn los? Du siehst aus, als hättest du ein Gespenst gesehen..."

Anton drehte sich langsam zu ihr um, seine Augen waren groß und dunkel, dann schüttelte er entschieden den Kopf.

Edna Geering stand schon zum dritten Mal am Wohnzimmerfenster und starrte auf die Sackstraße hinunter, an der ihre Wohnung lag. Inzwischen war die Dämmerung hereingebrochen, vereinzelte Laternen verbreiteten ein schummriges Licht. Sie wartete darauf, daß ihr Mann in seinem eleganten weißen Coupé endlich um die Ecke bog, in die Tiefgarage hinunter rollte und freudestrahlend zur Tür herein kam. Vor zwei Stunden wollte er nur kurz jemanden treffen, er war ungewöhnlich aufgekratzt gewesen und hatte nur soviel verraten, daß endlich Schluß sei mit ihrem reduzierten Leben, das ihnen ein Jahr ohne Arbeit aufgezwungen hatte, mehr brachte sie nicht aus ihm heraus. In ihrer Vorfreude hatte sie sein Lieblingsessen gekocht, Rinderbraten mit Rosenkohl und Kartoffelgratin, und er hatte aus dem Keller einen alten Pommard geholt und sorgfältig dekantiert.

Edna wandte sich vom Fenster ab und setzte sich an den festlich mit weißem Leinen gedeckten Tisch. Sie konnte sich nicht vorstellen, was ihren Mann so lange aufhielt, noch weniger konnte sie begreifen, daß er sich nicht wenigstens kurz meldete, wenn es eine Verzögerung gab. Sie hatte Hunger, doch ihr Magen war wie zugeschnürt, das Essen hatte sie zum Warmhalten in den Backofen gestellt. Zaghaft streckte sie die Hand nach dem Dekanter aus, schenkte sich einen kleinen Schluck ein und hob das feine Kristallglas an ihre Lippen. Sie hielt kurz inne, denn sie trank sonst nie Wein, ohne vorher mit ihrem Mann angestoßen zu haben, doch dann floß ihr der runde, weiche Rebsaft mit dem mineralisch-fruchtigen Duft warm und samtig die Kehle hinunter, und ein wohliges Gefühl breitete sich in ihrem Körper aus. Sie goß sich großzügig nach und dachte an das vergangene Jahr zurück, das mit der überraschenden Entlassung ihres Mannes so desaströs begonnen hatte. Auch wenn sie keine Verschwender waren, geriet ihr ganzes bisheriges Leben aus den Fugen, Zahlungen mußten geleistet werden, die man nicht einfach stunden konnte, und auch die bescheidenste Lebensführung kostete Geld. Sie hatte das Glück, eine Arbeit in ihrem alten Beruf zu finden, bei einer Start-up Firma, die Buchhaltung nur vom Hörensagen kannte. Damit kamen sie gerade so über die Runden, doch diese plötzliche Umgewichtung ihrer Partnerschaft, das jähe Absacken ihres Mannes in die Bedeutungslosigkeit, wie er es schmerzhaft empfand, vergiftete ihre Beziehung und stürzte ihren Mann immer tiefer in Selbstzweifel, umso mehr, als er mit achtundfünfzig nicht mehr vermittelbar schien. Doch seit einem halben Jahr war er wie verwandelt, ohne ihr den Grund zu verraten. Er war oft unterwegs und traf sich mit vielen Leuten, machte aber immer noch ein Geheimnis daraus. Dann die Wende vor ein paar Tagen, offenbar hatten seine Bemühungen endlich gefruchtet, auch wenn er sie nach wie vor nur mit Andeutungen abspeiste. Das Treffen heute sollte alles verändern, und jetzt wartete sie schon zweieinhalb Stunden auf ihn. Sollte sie ihn anrufen? Ihn möglicherweise verärgern oder stören bei einem wichtigen Gespräch? Ein eigenartiges Gefühl, als müßte sie sich schützen, hielt sie davon ab, stattdessen griff sie nach dem Dekanter und schenkte sich noch einen ordentlichen Schluck ein. Alles verschwamm, sie schien zu schweben, vielleicht waren ihre Sorgen ganz umsonst.

Verstohlen ließ Viktor Lansing den Blick über seine Geburtstagsgäste schweifen, die sich für seine Freunde hielten, aus Kristallgläsern Jahrgangs-Champagner schlürften und Langusten in sich hinein stopften, und lehnte sich zufrieden zurück. In ihren Augen war er der geborene Finanzexperte, der sich von Erfolg zu Erfolg hangelte und sich niemals täuschte, ein unbeschwertes Leben führte und zu allem Überfluß auch noch mit einer attraktiven Frau verheiratet war, die ihm mit vollendeter Anmut in allem den Rücken freihielt. Diese Rolle erfüllte er mit einer solchen Nonchalance, daß ihm kaum Neid entgegenschlug, umso weniger, als er auch ständig als spendabler Gastgeber in Erscheinung trat. Nicht ganz uneigennützig, denn infolge alkoholbedingter Zutraulichkeit inspirierten ihn seine Gäste bei diesen Gelagen unwissentlich zu neuen Wertschöpfungen. Auch heute gab es wieder einen solchen Moment. Wichtigtuerisch war der Manager einer großen Autofirma mit seinen Kenntnissen über Vorkommen und Fördermethoden von Lithium herausgeplatzt, die eigentlich der Geheimhaltung unterlagen, und Lansing hatte hinterher sofort Robin, seinen Webdesigner angerufen, um aus diesem Wissen ein neues Geschäftsmodell zu basteln.

Der Alkoholpegel war mittlerweile so gestiegen,

daß niemand mehr in der Tischrunde auf ihn achtete. Die Unterhaltung beschränkte sich jetzt hauptsächlich auf kurze Zurufe, kleine Hänseleien und schlüpfrige Witze, auf die Lansing, ohne daß es auffiel, vollkommen mechanisch mit lautlosen Lachern oder verständnisinnigem Grinsen reagierte. Er nippte an seinem Glas, lächelte seine Frau an und hing weiter seinen Gedanken nach. Sie hatten keine Ahnung, daß er sein eigentliches Geld über selbst kreierte Scheinfirmen mit übertriebenen Versprechungen verdiente, in die fast ausnahmslos alle heimlich investierten und die sich irgendwann plötzlich in Luft auflösten. In ihrer maßlosen Geldgier vergaßen sie jede Vorsicht, und wenn sie zum wiederholten Mal enorme Summen verloren hatten, kamen sie zu ihm geschlichen und ließen sich für teures Geld beraten, ohne zu ahnen, daß er es war, der ihre Einsätze kassiert hatte. Damit der Betrug nicht so auffällig war, zahlte er ab und zu satte Gewinne an sorgsam ausgewählte Investoren, die sich dann öffentlich damit brüsteten, wieder einmal den richtigen Riecher bewiesen zu haben.

Lansing mußte sich beherrschen, um nicht laut herauszulachen, dann klopfte er energisch an sein Glas und erhob sich zu seiner vollen Größe.

"Liebe Gäste, Sie wissen, daß ich mit Ihnen gerne bis in die Puppen feiern würde, aber dann wäre ich nicht der Mann, der Ihnen stets mit Rat und Tat zur Seite steht..."

Johlen, Hochrufe und Gläserklirren ertönten.

"Genießen Sie den Abend und trinken Sie auch

ein par Schlückchen auf mich..."

Lansing hob zum letzten Mal sein Glas.

"Wir halten zusammen, darin liegt unsere wahre Stärke..."

Lansing trank sein Glas aus, warf es hinter sich, wo es an der Wand zerschellte, griff nach dem Arm seiner Frau, die sich rasch erhoben hatte, und war verschwunden.

Wieder erklangen Hochrufe, das Stimmengewirr schwoll gewaltig an, dann setzten sich die Gäste wieder auf ihre Plätze, und unvermittelt sackte die Stimmung ab, als fehlte der Magnet, der die Eisenspäne in eine Form zusammenballt.

Lansing und seine Frau bogen in die Gasse ein, wo sein *Porsche Panamera* stand. Marion wandte sich an ihren Mann.

"Bei aller Liebe, Viktor, du solltest es nicht übertreiben... irgendwann gibt es keine Steigerung mehr..."

"Ich weiß... aber ich war so voller Ekel, all diese abgrundtiefe Falschheit, diese Ignoranz..."

Marion ließ ein silbriges Lachen hören.

"Findest du nicht, daß das etwas seltsam klingt aus deinem Mund?"

Lansing grinste, faßte seine Frau um die Schulter und drückte sie eng an sich.

Sie waren bei ihrem Auto angekommen, und trotz

der Dunkelheit konnten sie deutlich sehen, daß auf der Windschutzscheibe in weißer Schrift ein Wort prangte: *Betrüger!* Konsterniert sahen sie sich an, dann setzte sich Lansing hastig ans Steuer, schaltete die Zündung ein und setzte die Scheibenwaschanlage in Gang. Aus den Düsen sprühte Reinigungsflüssigkeit, und die Wischblätter fuhren quietschend über die weiße Farbe. Sie löste sich nur mühsam auf und hinterließ einen schmierigen Film.

Lansing schaltete die Scheibenwischer aus und drehte sich zu seiner Frau um, die unterdessen eingestiegen war und jetzt neben ihm saß.

"Was sagt man dazu, da will mir offenbar einer ans Leder..."

Er schob den Ganghebel auf *Drive* und schoß rasant auf die Straße hinaus. Weder er noch seine Frau bemerkten, wie sich in dem kleinen silbergrauen *Peugeot*, der hinter ihnen geparkt hatte, eine Gestalt auf dem Fahrersitz aufrichtete, den Motor anließ und gemächlich in die andere Richtung fuhr.

Nach einem ausschweifenden, genußvollen Abend in ihrem Lieblingsrestaurant schloß Gregor die Wohnungstür auf, lächelte Nina verschwörerisch zu, faßte sie um die Schulter und schob sich zusammen mit ihr sachte in den Flur. Es war für sie immer noch eine ungewohnte Situation, daß nicht einer von ihnen nach einem Abschiedskuß in die eigenen vier Wände weiterzog oder höchstens für eine Nacht blieb, sondern sie es sich in ihrer gemeinsamen Wohnung bequem machten.

Es war eine geräumige Drei-Zimmer-Wohnung in einer ruhigen Gegend, der Balkon ging auf einen Park, jeder hatte ein Zimmer für sich, wo sie arbeiteten und schliefen, überall lagen noch die Umzugskartons herum. Es hatte sich eigentlich nicht viel geändert, außer daß beide etwas mehr unter Beobachtung standen und die Wege kürzer waren, wenn das Begehren sie zueinander trieb.

Nina war erstaunt, wie leicht ihr das Zusammensein mit Gregor fiel, und auch Gregor fühlte noch keine Beeinträchtigung seines bisherigen Lebens. Genau das schien sie seltsamerweise zu irritieren, es war noch keine Selbstverständlichkeit, und so hatte ihr Umgangston noch etwas künstlich Munteres, keiner wollte ein Spaßverderber sein.

Heute jedoch waren sie sich einig, Gregor folgte Nina wie selbstverständlich ins Bett, wo sie sich eng aneinander kuschelten.

"Ich hatte immer Angst, wenn man zusammenzieht, daß sich dann plötzlich das Interesse aneinander abschwächt... oder daß man sich entsetzlich auf den Wecker geht... bis jetzt habe ich nichts davon bemerkt..."

Nina rückte sich zurecht und zog Gregor noch enger an sich.

"Mit mir hast du ja auch einen Glücksgriff getan... aber du hast recht, mit dir zusammen habe ich das

Gefühl, daß mir neue Kräfte zugewachsen sind..."

Gregor richtete sich halb auf, beugte sich über Nina und ließ seine Hand über ihren Körper gleiten.

"Dann wollen wir doch mal sehen, ob diese Aussage der Wahrheit entspricht..."

2

Als Nina Brandner und Marco Riemann am kleinen Park eintrafen, war Mona Ryser mit ihrem Team schon an der Arbeit. Ein Jogger hatte am frühen Morgen die Leiche eines Mannes entdeckt, der mit bizarr ausgestreckten Extremitäten hinter dichtstehenden Büschen in seinem Blut lag.

Der Sommer war noch nicht weit fortgeschritten, es war noch kühl bis weit nach Tagesanbruch. Nina und Riemann, beide noch schlaftrunken, traten an die flatternden Bänder, mit denen der Tatort abgesteckt worden war, wo sie Mona schon ungeduldig erwartete.

"Drei Schüsse aus kurzer Distanz, zwei davon trafen mitten ins Herz, einer in die Stirn..."

Mit müdem Lächeln schüttelte Nina den Kopf.

"Ich möchte es einmal erleben, daß wir vor dir am Tatort sind..."

Mona streckte ihnen als Antwort nur ihre Hand entgegen, mit der sie zwischen Daumen und Zeigefinger eine Patronenhülse festhielt.

"Kaliber 22... zwei Patronenhülsen hat der Täter offenbar mitgenommen, die dritte lag unter dem Opfer..."

"Weiß man, wer der Mann ist?"

"Norbert Geering... achtundfünfzig..."

"Tatzeit?"

"Irgendwann gestern vor Mitternacht... das kriegt ihr noch genauer..."

Mona und Riemann sahen sich an.

"Seltsam... niemand scheint die Schüsse gehört zu haben... sonst rufen die Leute schon an, wenn ein Rad umfällt..."

Mona hielt den beiden die Patronenhülse nochmal demonstrativ unter die Nase. Riemann streifte sich einen Gummihandschuh über, nahm ihr die Hülse aus der Hand, drehte und wendete sie und prüfte sie mit höchster Konzentration, dann ließ er verblüfft seine Hand sinken.

"*Subsonic*-Munition... die Kugeln verursachen keinen Überschallknall..."

Nina nickte und schob nachdenklich ihre Unterlippe vor, sie war jetzt hellwach.

"... und da es offenbar auch keinen Mündungsknall gab, hat der Täter wahrscheinlich einen Schalldämpfer benützt..."

"...was die Vermutung nahelegt, daß es sich um einen Profi handelt..."

Mona schnappte sich die Patronenhülse wieder und verstaute sie in einer Plastiktüte.

"Das ist eure Aufgabe, ein bißchen was müßt ihr schließlich auch tun..."

Viktor Lansing stand in der Küche seines Bunga-
lows und trank den letzten Schluck seines Kaffees.
Es war noch sehr früh am Tag, seine Frau und seine
beiden Kinder lagen noch in tiefem Schlaf. Die erste
Helligkeit hatte den Horizont gefärbt, doch der Son-
nenaufgang stand noch bevor. Lansing spülte seine
Tasse ab, ging durch den Flur in sein Arbeitszimmer
und betrat von da aus die Garage. Diese Tür hatte er
sich extra einbauen lassen, um nicht bei Regen vorne
rum zur Haustür hasten zu müssen. Mittlerweile war
er froh darüber, weil er heikle Kunden direkt ins
Haus schleusen konnte, ohne von neugierigen Nach-
barn ausspioniert zu werden. Er sperrte die Sicherheitstür mit dem Schlüssel ab und merkte erst jetzt,
daß das Garagentor offenstand. Wie ein bedrohtes
Tier ging er sofort in Lauerstellung. Die Schließanla-
ge war sehr teuer gewesen, und es war noch nie vorgekommen, daß sie versagt hatte. Lansing schlich
vorsichtig um den *Audi Q3* seiner Frau herum, ohne
etwas Auffälliges zu entdecken, setzte sich in sein
Auto, fuhr auf den Vorplatz hinaus und wartete darauf, daß das Garagentor nach einer halben Minute
automatisch schloß. Als nichts geschah, drückte er
auf die Fernbedienung, das Stahltor senkte sich, um
gleich darauf wieder nach oben zu schweben. Dieser
Vorgang wiederholte sich mehrmals, dann stieg Lansing mit verhaltener Wut aus. Kräftig drückte er auf
die Fernbedienung, das Tor sank herab und blieb geschlossen. Lansing stieg wieder in seinen Wagen,
beobachtete im Rückspiegel eine Weile mißtrauisch
das geschlossene Garagentor und fuhr los. Schräg
gegenüber, aus einer Reihe parkender Autos, löste

sich gleich darauf ein kleiner, silberfarbener *Peugeot* und fuhr gemächlich in die entgegengesetzte Richtung.

Edna Geering stand ausgehfertig vor dem Garderobenspiegel im Flur, überprüfte noch einmal gründlich ihr Äußeres und seufzte tief auf. Sie sah furchtbar aus. Nachdem sie gestern abend wie in Trance den ganzen Wein ausgetrunken hatte, war sie am Tisch eingeschlafen und erst nach einer Stunde wieder aufgewacht. Als ihr Mann immer noch nicht zurückgekommen war, irrte sie ruhelos durch die Wohnung, räumte hier eine Vase auf, schob dort einen Sessel zurecht und rief kurz nach Mitternacht bei der Polizei an. Man war ausgesprochen höflich, doch da es im Zusammenhang mit dem Namen ihres Mannes keine Meldung über einen Autounfall oder ein Gewaltverbrechen gab, ließ man keinen Zweifel daran, daß ihr Ehemann irgendwo versackt sei und sicher bald wieder auftauchen würde. Edna kannte ihren Mann viel zu gut, um diese Erklärung als Trost zu empfinden, um so weniger, als er ja in einer bestimmten Absicht fortgegangen war. Hätte sie doch bloß mehr insistiert! Danach fand sie keine Ruhe mehr, nickte ein paarmal auf der Couch ein und entschloß sich dann, trotz der lähmenden Ungewißheit, wie gewohnt zur Arbeit zu gehen. Als sie die Hand nach der Klinke ausstreckte, klingelte es an der Wohnungstür. Edna schrak zusammen, äugte durch den Türspion und sah draußen einen Mann und eine Frau stehen.

Nina Brandner und Marco Riemann sahen zu, wie die Tür vorsichtig geöffnet wurde und auf Schulterhöhe langsam ein schmaler Frauenkopf mit grauer Dauerwelle zum Vorschein kam, dann der ganze, in ein graues Kostüm gekleidete Körper. Rotgeränderte Augen in einem fahlen Gesicht, das zu der gepflegten Erscheinung nicht passen wollte, sahen zu ihnen hoch und blieben auf Riemann haften.

"Ja, bitte? Ich müßte jetzt eigentlich zur Arbeit..."

Riemann sah rasch zu Nina, doch sie blieb stumm.

"Sind Sie Frau Geering? Mein Name ist Marco Riemann, das ist meine Kollegin Nina Brandner..."

"Sind Sie von der Polizei?"

Wieder Riemanns Blick zu Nina.

"Ja, sind wir..."

"Geht es um meinen Mann?"

"Ja, wir müßten Sie dringend sprechen..."

Beide zückten ihre Ausweise und hofften, die arme Frau damit nicht zu sehr zu erschrecken. Doch Edna schien nur erleichtert zu sein, daß sie endlich etwas über ihren Mann erfuhr.

"Bitte, kommen Sie herein..."

Nina und Riemann folgten ihr ins Wohnzimmer, das mit den alten Möbeln, dem cremefarbenen Spannteppich, den blümchengemusterten Kissen auf dem Sofa und den alten Fotos an den Wänden sauber und gutbürgerlich wirkte und von einem anständigen, arbeitsamen Leben kündete. Edna setzte sich aufs Sofa, Riemann und Nina nahmen in den Fauteuils ihr gegenüber Platz. Wie erstarrt wartete die kleine Frau darauf, was als nächstes kam. Riemann machte den Anfang.

"Frau Geering, wir haben leider schlechte Nachrichten für Sie..."

Edna starrte Riemann reglos an, und als er nicht gleich weitersprach, wandte sie sich Nina zu. Nina atmete tief durch und versuchte mit möglichst neutraler Stimme zu sprechen.

"Heute früh wurde ihr Mann in einem Park gefunden... es wurde auf ihn geschossen..."

"Und... ist er tot?"

Dünn und hoch kam Ednas Stimme.

"Ja, leider, aber er mußte nicht leiden..."

Edna sank in sich zusammen, schlug die Hände vors Gesicht und verfiel in stummes, krampfhaftes Weinen. Nach einem Blick auf Riemann erhob sich Nina, ließ sich neben ihr auf dem Sofa nieder und legte ihr einen Arm um die zuckenden Schultern. Edna beruhigte sich allmählich und nahm die Hände vom Gesicht. Nina ließ ihren Arm sinken, blieb aber neben ihr sitzen, und Riemann zog seinen Sessel näher zu ihr.

"Frau Geering, wir wissen, wie hart das für Sie ist, doch je mehr wir mit Ihrer Hilfe über Ihren Mann erfahren, desto schneller kriegen wir den Täter..."

Edna tupfte sich mit einem Taschentuch die Augen und setzte sich gerade hin.

"Fragen Sie, ich bin bereit..."

"Wann haben Sie Ihren Mann zuletzt gesehen?"

"Gestern abend... er wollte jemand treffen... er sagte, danach sei alles wieder gut..."

"Wie sollen wir das verstehen?"

Edna schluckte und preßte ihre Hände in den Schoß.

"Vor etwa einem Jahr wurde Norbert arbeitslos... er war völlig verzweifelt, niemand gab einem Achtundfünfzigjährigen Arbeit, doch seit einem halben Jahr hatte er sich gefangen, er war viel unterwegs und sagte, alles werde wieder wie früher..."

"Hat er sich nicht genauer ausgedrückt?"

Edna schüttelte verzweifelt den Kopf.

"Das ist es ja, was ich mir vorwerfe, ich habe nicht gewagt, ihm Fragen zu stellen... Norbert war sehr empfindlich, er hätte dies nur als Mißtrauen empfunden..."

"Sie wissen also nicht, mit wem er sich treffen wollte und worum es da ging..."

Betrübt schüttelte Edna wieder den Kopf.

"Ich habe sein Lieblingsessen gekocht, wir wollten seinen Erfolg feiern, sobald er zurück war..."

Wieder zuckten ihre Schultern, aber diesmal fing

sie sich schneller. Nina beugte sich zu ihr hinüber.

"Hatte Ihr Mann Feinde?"

"Feinde? Er? Norbert konnte keiner Fliege etwas zuleide tun..."

"Was ist mit Freunden, die wir befragen könnten, war er in einem Verein?"

"Norbert kannte nur die Arbeit, deshalb hat es ihn ja so getroffen, als er entlassen wurde..."

"Dann nennen Sie uns doch den letzten Arbeitgeber, möglicherweise hat er sich auch an ihn gewandt..."

"Die Schraubenfabrik *Oswald*, Norbert leitete dort fünfundzwanzig Jahre den Vertrieb..."

Nina und Riemann sahen sich an, dann legte Nina Edna nochmal sachte den Arm um die Schulter.

"Frau Geering... können wir etwas für Sie tun? Sollen wir jemand verständigen, der sich um Sie kümmert?"

"Nein, vielen Dank... unsere Tochter lebt mit ihrer Familie in Südamerika... aber ich habe eine Schwester, mit der ich mich gut verstehe..."

"Sie sind sehr tapfer... wir halten Sie auf dem laufenden..."

Nina griff in ihre Jackentasche.

"Hier, meine Karte, falls Ihnen doch noch etwas Wichtiges einfällt..."

Riemann und Nina standen gleichzeitig auf.

"Bleiben Sie sitzen, wir finden allein hinaus..."

Reglos sah Edna den beiden hinterher, und als sie hörte, wie die Wohnungstür zufiel, ging plötzlich ein Ruck durch sie hindurch. Sie stand auf, stelzte auf steifen Beinen in das Arbeitszimmer ihres Mannes, einen kleinen, fensterlosen Raum, und setzte sich an dessen Computer. Mit einer gewissen Scheu klappte sie den Laptop auf, klickte durch die Ordner, bis sie einen fand, der sich nur mit einem Paßwort öffnen ließ. Sie probierte mehrere Varianten aus, dann fiel ihr plötzlich ihre Hochzeitsreise nach Sizilien ein, zehn Tage voller Sonne und Unbeschwertheit, und sie versuchte es mit <L'Albero1988>, der Jahreszahl ihrer Reise und dem Hotel, in dem sie die glücklichste Zeit ihres Lebens verbracht hatte. Der Ordner ploppte auf, und Edna mußte eine Weile gegen die Rührung ankämpfen, da ihr Mann offensichtlich genauso empfunden hatte wie sie. Es gab eine Textdatei und drei Videos, alles ohne Beschriftung. Edna zögerte, sie ahnte, daß sie einem Geheimnis auf der Spur war, das sie möglicherweise überforderte. Sie klickte auf das erste Video und schaltete auf Bildschirmgröße. Was sie zu sehen bekam, raubte ihr den Atem.

Riemann steuerte das Dienstfahrzeug konzentriert durch den anschwellenden Berufsverkehr und sah zu Nina hinüber, die sich förmlich in ihren Sitz verkrochen hatte und düster vor sich hinstarrte.

"Noch nie hatte ich einen Fall, bei dem ich so ratlos war... was in aller Welt hat dieser kreuzbrave Mann angestellt, daß er eines gewaltsamen Todes sterben mußte?"

Riemann verzog das Gesicht, auch er hatte noch keine Erleuchtung.

"Nun ja, er hatte Geheimnisse vor seiner Frau, und daß er sich mit seinem Mörder bei Dunkelheit in einem Park trifft, macht die Sache doch reichlich zwielichtig..."

"Ja, aber was steckt dahinter? Einer wie er wird doch nicht plötzlich zum Drogendealer..,."

"Seine Frau sagte, er habe ihr versichert, nach diesem Treffen werde alles wieder gut..."

Beide hingen diesem Gedanken nach, dann hob Nina den Kopf.

"Meinst du, er hat jemand erpreßt?"

Riemann zuckte mit den Schultern.

"Schon möglich... aber bevor wir spekulieren, befragen wir doch erstmal Oswald, danach werten wir mit Mona die Spuren aus..."

Viktor Lansing stand am Fenster seines geräumigen Büros, von dem aus er einen phantastischen Blick über die ganze Stadt hatte, und sah nachdenklich zu, wie die Sonne über den Dächern aufstieg. Es lag fast zuoberst in einem Hochhaus und war bodentief verglast. Schwarzes Holz, schwarzes Leder und Chrom prägten die Optik, der Vorraum war im selben Stil gehalten. Lansing war Frühaufsteher, er gehörte zu den beneidenswerten Menschen, die mit wenig Schlaf auskamen und trotzdem den ganzen Tag unter Strom standen. Ganz früh, wenn noch kein Personenverkehr war, hatte er seine besten Ideen. Auch seine Assistentin, Melanie Behrens, gehörte zu dieser Spezies. Als sie sich vor fünf Jahren bei ihm vorstellte, hatte er sofort ihre Seelenverwandtschaft erkannt. Mit ihrer rotblond gelockten Mähne, den veilchenblauen Augen und ihrem alabasterglatten Teint wirkte sie auf seine Kunden wie ein Aphrodisiakum. Nachdem sie von ihr in Empfang genommen wurden, betraten sie sein Büro mit erwartungsgeweitetem Blick, als beträten sie eine neue Dimension dieser Welt. Es förderte ihre Bereitschaft, auf seine Vorschläge einzugehen, ungemein. Doch Melanie verfügte über weit mehr als ihre erotische Anziehungskraft, sie verstand das Geschäft beinahe so gut wie er, ohne sich je in den Vordergrund zu drängen. Er wußte von ihr nur, daß sie geschieden war und keine Kinder hatte. Insgeheim war sie ihm immer etwas unheimlich geblieben, denn sie beherrschte die Kunst, die Leute zum Reden zu bringen und selbst nichts von sich preiszugeben, auf einer Oktave höher als er. Dennoch hatte er ein Verhältnis mit ihr angefangen, weniger aus Verliebtheit oder Leidenschaft, vielmehr empfanden beide so etwas wie ein atavistisches Zusammengehörigkeitsgefühl. Der Sex war für sie beide wie das Essen in einem Luxusrestaurant, ein sinnlicher Höchstgenuß, auf den sie seltsamerweise auch lange verzichten konnten und der nicht süchtig machte. Sie waren ein eingespieltes Team, was sie nicht daran hinderte, sich gegenseitig zu belauern. Nur wenn sie unbeobachtet waren, duzten sie sich, sonst wechselten sie in ein förmliches Sie. Zu seiner Verwunderung war seine Frau nicht eifersüchtig auf Melanie, entweder, weil sie zu schlau war, ihn das spüren zu lassen, oder fürchtete, ihn mit ihrem Mißtrauen erst recht anzustacheln, womöglich hielt sie sie nicht für den Typ, mit der man ein Verhältnis anfing, weil sie eine viel zu unberechenbare Persönlichkeit war.

Seufzend setzte sich Lansing an seinen weitausladenden Schreibtisch und drückte den Knopf der Gegensprechanlage.

"Melanie? Schau doch bitte nach meinen Terminen..."

"Ab neun hast du drei Meetings, ab vierzehn Uhr wolltest du mit Robin länger zusammensitzen..."

Lansing überlegte, dann drückte er wieder den Knopf.

"Sag' Robin, ich hole ihn um halb zwei ab, ich möchte heute bei mir zu Hause mit ihm arbeiten..."

"Alles klar, ich sage ihm Bescheid..."

"Danke..."

Lansing lehnte sich mißgelaunt zurück. Er wunderte sich selber, wie sehr ihn der Vorfall mit der beschmierten Windschutzscheibe und das außer Kontrolle geratene Garagentor aus der Fassung brachte. Bislang war sein Leben ein einziger Höhenflug gewesen, fing es jetzt an zu bröckeln?

Die Schraubenfabrik *OSWALD* war in einer Epoche gegründet worden, als der Erste Weltkrieg noch Zukunft war. Mittlerweile umsäumten ein paar moderne Fertigungshallen das alte Gemäuer, in dem nur noch die Verwaltung untergebracht war.

Armin Oswald empfing die beiden Kriminalbeamten in seinem Büro, hinter seinem uralten, massiven Holzschreibtisch in einem abgeschabten Ledersessel thronend. Die Wände und die hohen Decken waren weiß getüncht, ringsum türmten sich mannshohe, metallene Aktenschränke. Oswald war Mitte sechzig, mittelgroß und schmächtig, mit schütterem, schlohweißem Haar. Sein schmales, blasses Gesicht mit den feingezeichneten Zügen und der randlosen Brille wies ihn als Sproß einer alten Familie aus, die schon ein wenig müde geworden war.

Oswald wies auf die lederbezogenen Stühle, die vor dem Schreibtisch standen, und vom Stil her genau zu seinem Sessel paßten.

"Bitte nehmen Sie doch Platz... und wundern Sie sich nicht, auch bei uns werden Handys und Computer benützt..."

Seine Stimme war leise und melodiös, nicht unbedingt das, was man von einem zupackenden Unternehmer erwarten würde.

Nina und Riemann nahmen vorsichtig auf den antiken Schwingern Platz, gut möglich, daß sie noch aus Bauhauszeiten stammten.

Nina, auf der Oswalds spöttischer Blick ruhte, ergriff das Wort.

"Vielen Dank, daß Sie sich Zeit für uns nehmen... es geht um einen Ihrer früheren Angestellten, Norbert Geering, er ist gestern nacht erschossen worden..."

Oswalds Gesicht wurde ausdruckslos, er kippte mit seinem Sessel nach vorne und stützte sich mit den Ellbogen auf.

"Norbert Geering? Erschossen?"

"Seine Frau sagte, er wollte sich mit jemand treffen und hoffte, daß danach wieder alles in Ordnung komme..."

Oswald schüttelte den Kopf, und sein Blick richtete sich nach innen.

"Es tat mir sehr leid, ihn entlassen zu müssen, er war ein kompetenter und zuverlässiger Mitarbeiter... aber Sie können sich vorstellen, daß eine Schraubenfabrik heutzutage nicht gerade das ist, was man unter innovativ versteht... nur mit Personalabbau und Automatisierung konnte ich den Betrieb aufrechterhalten..."

Riemann lehnte sich vorsichtig auf seinem Stuhl zurück.

"Können Sie etwas Persönliches über ihn sagen?

Etwas, das uns möglicherweise einen Hinweis gibt?"

Oswald schüttelte wieder den Kopf und sah Riemann aus traurigen Augen an.

"Geering war eher ein verschlossener Typ... wie oft saßen wir bei Meetings zusammen, und nie fiel von ihm ein privates Wort..."

"Hat er nach der Entlassung nie versucht, Sie zu kontaktieren? Sie vielleicht um einen schlechter bezahlten Job gebeten?"

"Zum Glück nicht... ich hätte ihn enttäuschen müssen..."

Nina mischte sich wieder ein.

"Glauben Sie, im Vertrieb, den er geleitet hatte, weiß man mehr über ihn?"

"Sie können sich gerne in seiner alten Abteilung umhören... nach meiner Beobachtung war er keiner, der sich mit seinen Kollegen verbrüderte..."

Mit einem leisen Ächzen ging die Bürotür auf, und eine warme, klar artikulierte Frauenstimme ließ sich vernehmen.

"Armin? Können wir gehen? Oh... du hast Besuch!"

Nina und Riemann drehten sich auf ihren Stühlen um und erblickten eine schlanke Frau um die vierzig in einem eng anliegenden Sommerkleid, dunkel, mit sehr blasser Haut die im Türrahmen stehengeblieben war, sich sehr gerade hielt und Energie und Leidenschaftlichkeit ausstrahlte.

Oswald erhob sich rasch aus seinem Sessel und kam hinter seinem Schreibtisch hervor.

"Darf ich bekanntmachen? Meine Frau..."

Nina und Riemann erhoben sich ebenfalls und wandten sich Verena Oswald zu.

"...Frau Brandner und Herr Riemann von der Kriminalpolizei..."

Verena Oswald ließ die Bürotür offen und kam lauernd ein paar Schritte näher. Eindringlich musterte sie die beiden Kriminalbeamten und warf ihrem Mann einen tadelnden Blick zu.

"Kriminalpolizei? Warum weiß ich nichts davon?"

Oswald stellte sich neben seine Frau und faßte sie beschwichtigend am Arm.

"Ach, Liebling... es geht nur um einen früheren Angestellten..."

Verena Oswald entspannte sich und ließ fast so etwas wie ein Lächeln sehen.

"Oh, dann will ich nicht länger stören..."

Sie sah ihren Mann an.

"Ich warte in der Poststelle auf dich..."

Verena Oswald wandte sich zum Gehen, doch Nina hielt sie zurück.

"Bleiben Sie ruhig, wir sind soweit durch... wir

sehen uns noch etwas im Betrieb um..."

Nina reichte Oswald ihre Karte.

"Hier... falls Ihnen doch noch etwas einfällt..."

Riemann nickte den beiden zu und verließ das Büro. Nina sah sich beim Hinausgehen nicht um, doch sie spürte förmlich, wie die Blicke von Oswalds Frau auf ihnen klebenblieben.

Nina und Riemann trafen Mona in der Pathologie, wo Norbert Geering bereits obduziert worden war.

"Eine der Kugeln in seinem Körper paßt eindeutig zur Patronenhülse, die wir bei ihm fanden... leider haben wir keine Hinweise, daß die Waffe schon mal verwendet wurde..."

Riemann sah Mona ratlos an.

"Ist das alles? Keine Fußabdrücke? Keine DNA vom Täter?"

Mona wirkte gereizt, es war ihr peinlich, ihren Kollegen nicht mehr bieten zu können.

"Tut mir leid, hexen kann ich nicht... am Tatort war es staubtrocken..."

Nina trat näher an den Leichnam heran, der unwirklich wächsern unter den grellen Lampen lag.

"Hatte er ein Handy?"

"Wir haben keins gefunden... aber er besaß einen Mobilfunkvertrag, wir sind dabei, die Verbindungen zu überprüfen..."

"Was ist mit der Tatzeit?"

"Die lag wohl kurz nach der Dämmerung..."

"Das deckt sich mit der Aussage seiner Frau..."

Nina faßte Riemann am Arm.

"Komm, wir müssen sie unbedingt nochmal befragen..."

"...und die Sachen von ihrem Mann durchsuchen... Danke, Mona..."

Edna Geering hatte zu ihrem Kostüm flache Schuhe angezogen und wählte dazu eine solide Handtasche mit Innenfutteralen, die mit Reißverschlüssen verschließbar waren. Den Stick hatte sie in einen Umschlag gesteckt und in ein solches Fach gelegt. Nachdem sie dahinter gekommen war, mit welchen Mitteln ihr Mann ihr Leben wieder in den Griff bekommen wollte, hatte sie erst gezögert, dann überwand sie das flaue Gefühl, sein Tod sollte nicht umsonst gewesen sein. Sie kam sich schlau vor, als sie den Kontakt ihres Mannes anrief und im selben Park, jedoch noch bei Helligkeit, erneut einen Termin vereinbarte.

Aufseufzend sah sich Edna ein letztes Mal in der Wohnung um, öffnete die Tür und wurde augenblicklich von einer weiblichen Gestalt in den Flur zurückgedrängt. Sie trug ein leichtes Sommerkostüm, ein Kopftuch verbarg ihre Haare und eine große Sonnenbrille ihre Augen. Eine Pistole richtete sich auf Edna, an deren Lauf ein Rohr festgeschraubt war, das diese noch mehr erschreckte als die Waffe selbst. Die Stimme der Frau war heiser und rauh.

"Du dachtest wohl, du bist schlau, du Schlampe...los, zurück in die Wohnung..."

Ihr ganzer Mut, ihre tapfere Entschlossenheit waren wie weggeblasen, sie tat das, was sie die meiste Zeit ihres Lebens getan hatte, sie gehorchte. Die Pistole in ihrem Rücken dirigierte sie zu einem Sessel, in dem sie sich kraftlos niederließ.

"Los, her mit der Handtasche..."

Zitternd ließ Edna die Handtasche von ihrer Schulter gleiten und warf sie auf den Boden. Die Frau griff danach, ohne Edna aus den Augen zu lassen, öffnete sämtliche Reißverschlüsse und schüttelte den Inhalt auf den Boden. Den Umschlag mit dem Stick riß sie sofort auf und steckte ihn hastig ein, dann richtete sie die Pistole wieder drohend auf Edna.

"Und jetzt der Computer!"

Ein Rest Widerstandsgeist regte sich in Edna.

"Das ist alles, ich weiß nicht, wo der..."

Die Frau erhob sich, faßte Edna grob am Arm und stellte sie auf die Beine.

"Ich will den Computer, jetzt gleich..."

Edna wankte der Gestalt voraus ins Arbeitszimmer ihres Mannes und trat beiseite. Die Frau erblickte den Laptop, riß ihn grob vom Stromkabel weg, hob erneut die Pistole und zielte direkt auf die Stirn.

"Wer hat deinem Mann geholfen?"

"Ich verstehe nicht..."

"Du verstehst sehr wohl..."

Die Frau hielt Edna den Stick direkt unter die Nase.

"Hierbei... also, wer ist es?"

Gelähmt vor Angst krallte sich Edna an der Schreibtischkante fest.

"Manfred Bubek... er war ein Arbeitskollege meines Mannes..."

Einen Augenblick war es totenstill, und Edna dachte schon, sie hätte es überstanden, doch dann straffte sich die Frau, die Pistole lag reglos in ihrer Faust.

"Du und dein Mann... ihr seid solche Schweine... ihr habt den Tod verdient..."

Edna sah noch, wie das Rohr leicht zuckte und hörte ein leises <Plopp>. Sie war tot, bevor ihr Körper den Boden berührte.

Nina Brandner und Marco Riemann klingelten zum zweiten Mal an Edna Geerings Wohnung, beide beschlich ein ungutes Gefühl. An ihrem Arbeitsplatz hatte man ihnen versichert, daß sie angerufen habe, sie sei doch nicht in der Lage, heute zu erscheinen, sie bleibe lieber zu Hause. War sie einkaufen gegangen? Hatte sie sich spontan mit einer Freundin getroffen? Hatte sie sich etwas angetan? Ihr Handy klingelte, doch sie nahm die Anrufe nicht an.

Riemann faßte in seine Brusttasche und zog eine Plastikkarte hervor, die an einer der Schmalseiten abgerundet war und doppelt geknickt. Mit einem verlegenen Lächeln zu Nina, die den Kopf schüttelte und die Augen verdrehte, aber nichts sagte, schob er sie auf der Höhe des Schlosses zwischen die Türumrandung, bis die gebogene Zunge innen um die Tür herum den Riegel erreichte und nach innen drückte, dann war die Tür offen. Beide zogen ihre Waffen und schlichen vorsichtig durch den Flur. Beide riefen abwechslungsweise.

"Frau Geering, sind Sie zu Hause?"

"Wir sind's, die Kriminalbeamten Marco Riemann und Nina Brandner..."

Niemand antwortete. Unter äußerster Anspannung drangen sie weiter in die Wohnung vor und sicherten Zimmer für Zimmer. Die ausgeleerte Handtasche im Wohnzimmer ließ sie Schlimmes ahnen, und als sie schließlich das fensterlose Arbeitszimmer betraten mit der am Boden hingestreckten, halb auf dem Rücken liegenden Edna Geering, das blutgefüllte Loch mitten auf ihrer Stirn und die zwei Einschüsse auf der linken Brustseite entdeckten, wie bei ihrem Mann, wurden alle ihre Befürchtungen übertroffen.

Nirgendwo war eine Waffe zu sehen. Das herunter-hängende Stromkabel mit dem Computeranschluß und die rechteckige, staubfreie Fläche auf dem Schreibtisch ließen keinen Zweifel daran, daß jemand Fremdes in der Wohnung gewesen war, Edna erschossen und den Computer mitgenommen hatte. Nina steckte ihre Waffe wieder ein und griff zum Telefon.

"Mona? Es gibt Arbeit... die Frau des Mordopfers... wir sind bei ihr zu Hause... "

Schuldbewußt sah sie Riemann an.

"Verdammter Mist... wir hätten sie schützen müssen..."

"Wieso denn? Als wir sie befragten, hatte sie offensichtlich von nichts eine Ahnung..."

"Mag sein, aber der Täter wollte offenbar kein Risiko eingehen..."

Nina ging hinüber ins Wohnzimmer und hockte sich in der Nähe der Handtasche nieder. Der Umschlag, in dem der Stick gesteckt hatte, lag achtlos zerrissen neben einem Lippenstift.

"Was war in diesem Umschlag? Und was auf dem Computer?"

Riemann war Nina ins Wohnzimmer gefolgt.

"Das weiß leider nur der Täter..."

Lansing warf einen Blick auf Robin, der neben ihm reglos und gelassen wie eine Buddhastatue auf dem Beifahrersitz thronte und einen Metallkoffer auf dem Schoß festhielt. Er war kaum mittelgroß, und mit seinem weichlichen, gänzlich unbehaarten Körper, seinem etwas zu großen, kahlen Kopf, der auf Schläfenhöhe stark eingedellt war, sodaß er die Form einer großen Acht hatte, und seinen wasserblauen Augen, die nie den Ausdruck wechselten, konnte man ihn leicht für behindert halten. Doch Robin war ein mathematisches Genie, außerdem besaß er ein fotografisches Gedächtnis und war dazu ein begnadeter Designer. Ein Mensch mit seinen Gaben hätte eigentlich eine steile Karriere machen müssen, doch er war vollkommen passiv, hatte das Gemüt eines Kindes und wohnte bei seiner Mutter, die ihn überaus geschickt vermarktete. Er arbeitete nur, wenn man ihm eine Aufgabe stellte, von sich aus ergriff er nie die Initiative. Doch nicht allen war er zu Diensten, wenn Robin jemanden ablehnte, konnte man ihn niemals umstimmen. Lansing hatte ihn bei einem Kunden in der IT-Branche kennengelernt, für den Robin gelegentlich tätig war, und sofort einen Draht zu ihm gefunden. Mit ihm zusammen hatte er eine Vielzahl von Firmen <gegründet>, die nur auf dem Papier existierten, jedoch so realistisch waren, daß ihnen bisher nicht einmal echte Profis auf die Schliche gekommen waren. Man konnte Daten abrufen und Broschüren anfordern, wie sie jedes börsennotierte Unternehmen anbot, und die in Aussicht gestellten Gewinnanteile waren zwar überdurchschnittlich, aber nicht so übertrieben, daß die Interessenten mißtrauisch wurden. Lansing staunte immer wieder aufs neue, mit welcher Selbstverständlichkeit sich Robin in eine ihm fremde Materie einarbeitete und Vorschläge machte, auf die selbst Lansing nicht gekommen wäre. Ein gewaltiger Vorteil bestand zudem darin, daß er keinerlei Skrupel kannte und Moralvorstellungen ihm vollkommen fremd schienen, er hatte offensichtlich kein Bewußtsein von den kriminellen Machenschaften, an denen er sich beteiligte. Zu Hause schaute er stundenlang Cartoons, verlor sich in Videospielen oder kaufte für seine Mutter ein, die ihm haarklein aufschreiben mußte, was sie brauchte.

Lansing seufzte und konzentrierte sich wieder auf den Verkehr, noch ein paar Abzweigungen, und er war zu Hause. Er bog auf die Garagenzufahrt ein und hielt an. Jeder andere Beifahrer hätte jetzt den Kopf gedreht und ihn gefragt, was los sei, doch Robin blickte ruhig geradeaus und rührte sich nicht. Lansing ließ den Motor laufen, drehte sich auf dem Sitz ostentativ zu Robin um und sprach laut und deutlich.

"Heute früh, als ich in die Garage kam, war das Tor weit offen, und als ich es mit der Fernbedienung schließen wollte, ging es ein paarmal hintereinander wieder nach oben, bevor es dann endgültig geschlossen blieb – war das ein Defekt, oder ist es möglich, die Schaltung von außen zu manipulieren?"

Statt zu antworten öffnete Robin seinen Metallkoffer, in dem sich sein Computer befand. Seine Finger flogen über die Tasten, und keine halbe Minute später öffnete sich das Garagentor.

Lansing schüttelte gereizt den Kopf.

"Ich sehe, daß es möglich ist – aber schließt das einen Defekt aus?"

Robin klappte seinen Metallkoffer wieder zu.

"Kein Defekt..."

Lansing stellte den *Panamera* in der Garage ab, wartete, bis das Garagentor wieder zu war, öffnete die Sicherheitstür zu seinem Arbeitszimmer und ließ Robin voraus gehen, der seinen Metallkoffer mit beiden Armen umfangen hielt und sich sofort in einem Sessel niederließ, vor dem ein kleiner Arbeitstisch mit Stromanschluß stand. Robin klappte seinen Metallkoffer wieder auf und stöpselte seinen Computer an das Stromkabel an. Lansing ging zum Kühlschrank, nahm eine Cola heraus, entfernte den Kronkorken und stellte sie auf das Tischchen neben Robins Computer. Einmal mehr beglückwünschte er sich zu seiner Entscheidung, sein Arbeitszimmer direkt mit der Garage zu verbinden. Seine Frau hatte sich an die Eigenheiten Robins gewöhnt, doch seine Kinder konnte er so von ihm fernhalten, er wollte nicht riskieren, daß sie ihn durch eine unbedachte Äußerung oder Reaktion auf sein Aussehen oder sein seltsames Verhalten kränkten und Robin sich auf immer vor ihm verschloß.

Lansing holte einen Packen Unterlagen vom Schreibtisch und setzte sich Robin gegenüber auf die Couch.

"Hier, das ist unsere neue Aufgabe... eine Firma,

die eine Lizenz auf den Abbau von Lithium besitzt..."

Robin lehnte sich zurück und blätterte die Dokumente auf seinem Schoß durch, doch plötzlich wurde es zunehmend hell im Zimmer. Das Fensterglas, das bei Sonneneinstrahlung automatisch abdunkelte, war jetzt durchsichtig und ließ den Blick frei nach hinten in den Garten, wo Lansings Frau Marion mit einem Gartenschlauch die Blumenbeete wässerte. Sie starrten sich verblüfft an, dann sprang Lansing auf und richtete sich energisch an Robin.

"Was ist denn hier los? Ist jemand dabei, die Haustechnik zu hacken?"

Robin legte ruhig den Papierstoß beiseite, und seine Finger flogen wieder über die Tasten.

"Zugriff von außen... etwa dreißig Meter entfernt..."

Lansing rannte durch die Garage nach draußen und sah sich mit wilden Augen um. Alles war ruhig, kein Hinweis auf den Aggressor, doch kaum hatte sich Lansing umgewandt und war in der Garage verschwunden, löste sich der silbergraue *Peugeot* von gestern aus der Reihe der Parkenden und fuhr gemächlich davon.

Im Arbeitszimmer färbte sich das Fensterglas wieder dunkel, und Lansing baute sich vor Robin auf.

"Was ist? Können Sie den Hacker orten?"

"Zugriff abgebrochen... Zeit zu kurz für Identifizierung..."

Unvermittelt packte Lansing ein heftiger Zorn auf Robin. Dieser Kerl saß da wie ein Ölgötze und verschlang einen Haufen Geld, doch seine Sorgen kümmerten ihn einen Dreck. Er war drauf und dran ihn anzuschreien, doch dann sah er hinunter auf dieses arglose Wesen und erstickte seine Wut.

Die Leute von der Spurensicherung hatten ihre Geräte in den *Van* gepackt und fuhren los. Als letzte kam Mona aus der Tür der Wohnanlage, steuerte auf den Dienstwagen von Riemann und Nina zu und machte es sich auf dem Rücksitz bequem. Sie beendete gerade ihr Telefonat mit der Pathologie. Nina startete den Motor und fädelte sich in den Verkehr ein.

"...verstanden, die Kugeln, die Edna Geering getötet haben, stammen aus derselben Waffe wie die Schüsse auf ihren Mann... Danke, Tommy..."

Mona beugte sich nach vorne und stützte sich auf den Rücklehnen auf.

"Also, ihr habt es gehört... es ist derselbe Täter, auch wenn diesmal die Patronenhülse zum Vergleich fehlt... aber es gibt noch etwas Interessantes..."

Nina und Riemann warteten darauf, daß Mona fortfuhr.

"Wir fanden einen Stoffetzen vom Kostüm des Mordopfers an der Umrandung der Wohnungstür.

Dort ist das Holz etwas abgesplittert, und die Spleiße stehen nach außen vor, das heißt, das Stoffteil konnte nur abreißen, wenn man von außen nach innen daran vorbeistreifte..."

Nina schüttelte den Kopf.

"Das ist mir zu hoch..."

Mona echauffierte sich.

"Denk doch ein bißchen mit... vermutlich wollte das Mordopfer die Wohnung mit der Handtasche verlassen, die umgestülpt auf dem Boden des Wohnzimmers lag, und wurde vom Täter gewaltsam in den Flur zurückgedrängt... darauf weisen auch die Schuhe des Mordopfers hin, es waren keine Hausschuhe, sondern flache, praktische Straßenschuhe..."

In Nina kam langsam Leben.

"Und warum sollte Edna Geering die Wohnung verlassen?"

"Sie hat eine Nummer angerufen, mit der auch ihr Mann in Kontakt gewesen war... ein Prepaidhandy..."

"Könnte das bedeuten, daß Edna Geering die Absicht hatte, den Mörder ihres Mannes aufzusuchen?"

Auch Riemann war jetzt aufgewacht.

"Der zerrissene Briefumschlag... vielleicht enthielt er eine CD oder einen Stick... heruntergeladen vom gestohlenen Computer..."

"Also Erpressung... möglicherweise hatte Edna das Geheimnis ihres Mannes entdeckt und wollte das

Geschäft zu Ende bringen..."

"Nur war der Täter schlauer als sie und lauerte ihr zu Hause auf..."

Mona lehnte sich zufrieden zurück.

"Jetzt müßt ihr nur noch herausfinden, worum es da ging..."

Nina sah zu Riemann hinüber.

"Wir brauchen unbedingt sämtliche Telefondaten von Norbert Geering..."

"Und seine Bankverbindung..."

Im Polizeipräsidium saß *Scroller* in seinem Spezialsessel vor seinen drei Computern und filterte die Mobiltelefonnummer von Norbert Geering heraus. Riemann und Nina sahen ihm gespannt über die Schulter.

"Na, viele Leute hat der nicht gekannt, aber über einen langen Zeitraum immer wieder dieselben Nummern gewählt..."

Er vergrößerte einen Ausschnitt aus dem Funkprotokoll.

"Und wißt ihr, mit wem er am meisten telefonierte? Mit seiner Frau..."

Scroller ließ ein wieherndes Lachen hören.

Riemann verdrehte hinter *Scrollers* Rücken die Augen.

"Kannst du uns eine Liste mit allen Kontaktpersonen und jeweils die Anzahl der Verbindungen mit Geering ausdrucken?"

"...und die Bewegungen auf seinem Bankkonto..."

"Na klar, dazu bin ich ja da... aber ich hätte nichts gegen etwas kniffligere Aufgaben..."

"Danke... wir sind in unserem Büro..."

Viktor Lansing kam vom Wohnzimmer in die offene Küche, wo seine Frau die schmutzigen Töpfe und Teller vom Abendessen in den Geschirrspüler einräumte. Er umfaßte sie von hinten und legte sein Kinn auf ihre Schulter.

"Wo sind die Kinder?"

Marion machte weiter, als sei er nicht vorhanden.

"Die sind in ihren Zimmern... du kennst sie ja... Eltern-Vermeidung ist gegenwärtig ihr Lieblingsspiel..."

"Dann haben wir Zeit für uns..."

Seine Hände glitten nach oben, wo sie von Marion gleichmütig beiseite geschoben wurden.

"Ach, Viktor, ich kenne dich doch... wenn du mir so kommst, willst du mir etwas sagen..."

Weit davon entfernt beleidigt zu sein, löste sich Lansing träge von ihr und lehnte sich an den Küchentresen. Marion fuhr fort in ihrer Tätigkeit.

"Dein Instinkt trügt dich nicht... etwas Bedrohliches liegt in der Luft... irgendjemand hat sich in unsere Haustechnik gehackt, vermutlich der Typ, der die Windschutzscheibe verunzierte..."

"Was sagt Robin dazu?"

"Er konnte den Hacker nicht orten..."

Marion hielt einen Augenblick inne und sah ihren Mann ruhig an.

"Viktor, wir haben doch schon öfter darüber gesprochen... hör' mit diesen krummen Sachen auf, wir haben doch genug Geld..."

Lansing war ungewöhnlich ernst geworden.

"Und wenn es zu spät dazu ist? Der Typ, der mir da auf die Pelle rückt, läßt doch nur seine Muskeln spielen... der eigentliche Angriff steht sicher erst bevor..."

Marion ging auf ihren Mann zu und legte ihm ihre Hände auf die Schultern.

"Mein lieber Viktor, denk' an die Kinder, laß' dich auf keine Spielchen ein... doch falls es hart auf hart kommt... ich halte zu dir..."

Lansing faßte nach Marions Händen, in seinen Augen war ein feuchter Schimmer.

"Wie hab' ich dich bloß verdient..."

Als Nina die Wohnung betrat, kam ihr Gregor lächelnd aus seinem Zimmer entgegen.

"Was für ein Wunder, du bist früh dran... gehen euch die Schurken aus?"

Zu ihrer eigenen Überraschung umarmte Nina Gregor heftig und küßte ihn auf den Mund. Erst jetzt spürte sie, unter welcher Spannung sie den ganzen Tag gestanden hatte. Doch statt ihn wieder loszulassen, packte sie Gregor an den Armen, schob ihn rückwärts in ihr Zimmer und stieß ihn auf ihr Bett. Im Nu waren beide nackt und ineinander verschlungen, ihre Erregung löste sich in einer gewaltigen Explosion.

Nina drehte sich auf den Rücken und atmete tief durch.

"Entschuldige, ich war wohl etwas durcheinander..."

"Du entschuldigst dich, daß du mich verführt hast?"

Nina lachte.

"Sexuell genötigt trifft es wohl besser..."

Sie räkelte sich zurecht und legte Gregor eine Hand auf die Brust.

"Ich frage mich gerade, was ich gemacht habe, als zu Hause niemand auf mich wartete..."

"Wahrscheinlich hast du dich auf wildfremde Männer gestürzt..."

"Ich glaube, ich vergaß einfach abzuschalten..."

"Das stimmt, ich habe mich in einen Roboter verliebt.."

Gregor schwang sich aus dem Bett und griff nach Ninas Hand.

"Komm, ich habe ein tolles Essen vorbereitet..."

"Klingt verlockend..."

"Ja, ab heute sind wir Hedonisten..."

Das alte, einstöckige Haus lag in einem Viertel, das vor nicht allzu langer Zeit noch Vorstadt gewesen war. Eher bescheiden in seinen Ausmaßen, stammte es aus der Gründerzeit, und der Garten, der es umgab, war weit davon entfernt, ein Park zu sein. Die Einrichtung war alt, überwiegend *Art déco,* nur die Haustechnik wurde irgendwann der Zeit angepaßt.

Obschon es auf den Sommer zuging, brannte im Salon ein Feuer im Kamin. Armin und Verena Oswald saßen in bequemen Sesseln davor, neben sich ein Abstelltischchen mit einem Silbertablett, auf dem eine Flasche Cognac, zwei bauchige Schwenker und zwei Mokkatassen standen. Armin Oswald, eine Decke über die Beine gebreitet, griff nach seinem Cognacglas und starrte sinnend in das knisternde Feuer.

"Du sagst, ich soll mir keine Sorgen machen, obschon schon zwei Menschen tot sind..."

Verena Oswald, die ein langes, burgunderfarbenes Kleid trug, als sei sie einem alten Gemälde entstiegen, hatte ihre Finger zusammengelegt, die Ellbogen auf den Lehnen aufgestützt und rieb sich mit den beiden Zeigefingern nachdenklich die Nase.

"Als ich neun war, starb mein Vater vor meinen Augen an einem geplatzten Aneurysma, Robert erlag vor zehn Jahren den Folgen eines Autounfalls, den er nicht verschuldet hatte... ich werde nicht zulassen, daß ich dich auch noch verliere... du bist alles, was ich habe..."

Oswald ließ den Cognac in seinem Schwenker kreisen und atmete den Duft tief ein.

"Darüber haben wir so oft gesprochen... Robert war nicht nur ein glänzender Jurist und meine rechte Hand, er war mein Freund geworden, es war auch für mich ein furchtbarer Verlust, als er starb..."

"Du hast mich getröstet, als alle mich längst als Nervenbündel aufgegeben hatten... du hast mich wieder ins Leben zurückgeholt..."

Einen kurzen Augenblick lang verschattete ein schmerzlicher Ausdruck Oswalds Züge.

"Hinter deiner Verzweiflung spürte ich deine Lebenskraft... und auch wenn ich es mir insgeheim wünschte... niemals hätte ich zu hoffen gewagt, daß du für mich jemals mehr als Freundschaft empfinden würdest..."

Verena ließ ihre Hände sinken und lächelte zu ihrem Mann hinüber.

"Mit Robert hätte ich gerne Kinder gehabt... mit dir fühle ich mich tief in der Seele verbunden..."

"Und meine Schwäche? Genügt sie als Rechtfertigung zu töten?"

"Wir beide sind wie in einem Kokon vereint... und den verteidige ich bis zum äußersten..."

Vom Garten, durch die offenen französischen Fenster, wehte ein kühler Wind herein und ließ das Feuer flackern.

3

Wie immer betrat Lansing sehr früh sein Büro und blieb überrascht in der Tür stehen. In der Sitzecke vor Melanies Schreibtisch saß ein Mann, der ihn aus zusammengekniffenen Augen forschend taxierte.

Melanie in ihrem türkisfarbenen Leinenkostüm, zu dem ihre rotblonden Locken perfekt harmonierten, erhob sich halb, es war ihr offensichtlich peinlich, nicht verhindert zu haben, daß ihr Chef derart überrumpelt wurde.

"Herr Lansing... dieser Herr wollte Sie unbedingt sprechen..."

Ihre Stimme klang seltsam gedämpft, das war sonst nicht ihre Art. Lansing schloß die Tür und warf einen scharfen Blick auf den Besucher. Wenn er etwas gelernt hatte im Leben, dann war es, niemals Schwäche zu zeigen und nicht verständnisvoll zu reagieren, es sei denn, es war zu seinem eigenen Nutzen. Normalerweise hätte er die Anweisung gegeben, mit dem Besucher einen Termin zu vereinbaren und ihn wieder wegzuschicken, doch etwas in der Haltung dieses Mannes hielt ihn zurück. Er war etwa in seinem Alter, sportlich, unrasiert, trug eine Lederjacke und Jeans und stand jetzt langsam auf.

"Mein Name ist Kupka... Marek Kupka..."

Lansing ging gemessen auf ihn zu und blieb vor ihm stehen, ohne ihm die Hand zu geben.

"Ich empfange niemanden ohne Anmeldung... Ihr Verhalten kommt einer Nötigung gleich..."

Marek Kupka blieb völlig gelassen.

"Das hat mir Ihre charmante Mitarbeiterin auch schon zu verstehen gegeben... nur liegt mein Besuch in Ihrem eigenen Interesse..."

Ein vager Verdacht stieg in Lansing hoch.

"Sind Sie derjenige, der Garagentore öffnen und Fensterglas hell färben kann?"

Ein leises Lächeln schlich sich in Mareks Augen, während Melanie verständnislos von einem zum anderen sah.

"So kann man es sagen..."

Lansing versuchte so unbeeindruckt wie möglich zu erscheinen.

"Gut, Sie haben Glück, mein erster Termin ist erst in einer Stunde..."

Lansing öffnete die Tür zu seinem Büro und ließ Marek voraus gehen.

"Bitte..."

Melanie sah Lansing an und hob ratlos die Schultern, Lansing lächelte ihr beschwichtigend zu.

In seinem Büro deutete Lansing auf die Sitzecke, wo sich Kupka kampfbereit niederließ, er selbst setzte sich in einigem Abstand zu ihm.

"Also... dann machen Sie's bitte kurz..."

Kupka richtete sich auf, er wirkte sehr konzentriert.

"Sehr gerne... sagt Ihnen *Seaside Homes Incorporated* etwas?"

"Nein, tut mir leid..."

"Das ist eine neuseeländische Firma, die Geld gesammelt hat für Altersresidenzen mit dem Versprechen extrem hoher Profite..."

Kupka starrte Lansing an, doch der zuckte nur mit den Schultern.

"Das Investment hatte exzellente Empfehlungen, es war alles andere als ein Risikopapier, also habe ich meine ganzen Ersparnisse da reingesteckt..."

"Verraten Sie mir wie viel?"

"Hunderttausend... ein halbes Jahr später hat die Firma Konkurs angemeldet, und mein   Geld war futsch..."

Lansing beugte sich höflich vor.

"Und jetzt kommen Sie zur Schadensbegrenzung zu mir..."

"Das würde Ihnen so passen... ich bin Detektiv, ich habe gründlich recherchiert, und es gibt Plattformen, die verraten alle Tricks..."

"Dann verraten Sie mir doch welche..."

Kupka fuhr hoch und mußte an sich halten, um nicht aufzuspringen.

"An Ihrer Arroganz werden Sie noch ersticken..."

Lansing blieb unverändert ruhig.

"Wollen Sie nicht zur Sache kommen?"

"Gerne, aber das wird Ihnen nicht gefallen... nach meinen Informationen sind *Sie* an dieser Firma beteiligt... oder stecken sogar ganz dahinter..."

"Ich fürchte, ich kann Ihnen nicht folgen..."

"Diese Firma hat in Wahrheit nie existiert, sie war ein Phantom, nur dafür geschaffen, den Anlegern das Geld aus der Tasche zu ziehen... so zocken Sie die Leute gleich zweimal ab, zuerst mit solchen Pleitefirmen und dann, wenn die Opfer verzweifelt zu ihnen kommen, ganz legal als Finanz- und Anlageberater..."

Lansing faßte Kupka genauer ins Auge. Er wirkte durchaus ehrlich und sympathisch und war offensichtlich einfach nur fürchterlich geladen. Mit seiner Beschuldigung hatte er ins Schwarze getroffen, aber was wußte er wirklich? Lansing schaltete in den Mitfühlmodus.

"Ich kann verstehen, daß Sie aufgebracht sind, aber Ihre Anschuldigungen sind absurd..."

Kupkas anfängliche Wut hatte sich gelegt.

"Für wie dumm halten Sie mich? Sie haben Spuren hinterlassen, die sind so gut wie Fingerabdrücke oder DNA..."

"Und warum gehen Sie nicht zur Polizei?"

"Ich will mein Geld zurück, und ich bin nicht allein... ich vertrete etwa ein Dutzend betrogene Investoren... es nützt uns nichts, wenn Sie im Knast landen, also überlegen Sie sich's gut..."

Kupka stand auf, und auch Lansing erhob sich, fieberhaft nach einer Lösung suchend.

"Hören Sie, Sie müssen schon konkreter werden, wenn Sie mich beschuldigen... womöglich mißbraucht jemand meinen guten Ruf..."

Kupka sah Lansing lange an, dessen glattes, ebenmäßiges Gesicht einen kummervollen Ausdruck angenommen hatte. Oder hatte er etwa Angst?

"Gut, einverstanden, ich mache eine Zusammenstellung, dann rufe ich Sie an..."

Das Ein-Zimmer-Apartment von Manfred Bubek roch nach Soßenwürfel und ranziger Butter. Die Möbel waren durchgesessen und abgewetzt, der Ausguß in der Küchenzeile quoll über von schmutzigem Geschirr und verklebten Töpfen. Bubek trug ausgebeulte Hosen und ein viel zu kleines kariertes Hemd, zwei Knöpfe über dem Bauch waren aufgeplatzt. Er war kaum mittelgroß und gedrungen, sein Gesicht mit den wäßrigen, unsteten Augen und den spärlichen Haaren konnte man sich auch nicht merken, wenn man zweimal hinsah.

Riemann und Nina hatten vorsichtig auf dem flekkigen Sofa in der Sitzecke Platz genommen, Bubek

saß ihnen auf einem Fauteuil gegenüber. Nina klickte auf eine Seite ihres Smartphones.

"Herr Bubek, wir sind Ihnen sehr dankbar, daß sie sich Zeit für uns nehmen... Ihr früherer Arbeitskollege, Norbert Geering, der vorgestern ermordet wurde, hat im letzten halben Jahr öfter mit Ihnen telefoniert..."

"Ja, wir wurden gleichzeitig bei *Oswald* entlassen..."

"Haben Sie sich auch persönlich getroffen?"

"Ein paarmal..."

"Und worüber haben Sie sich unterhalten?"

Bubeks Gesicht nahm einen tückischen, abweisenden Ausdruck an, Riemann mischte sich in das Gespräch.

"Herr Bubek, dies hier ist eine Zeugenbefragung, Sie haben nichts zu befürchten..."

Bubek rückte sich in seinem Sessel zurecht.

"Na ja, wir haben uns Tips gegeben und ein bißchen Dampf abgelassen..."

"Tips wofür?"

Bubeks Blicke irrten zwischen den beiden Kriminalbeamten unsicher hin und her.

"Na, Arbeit und wie man billig an Sachen kommt..."

Nina und Riemann wechselten verstohlen einen Blick, dann schaltete sich Nina wieder ein.

"Haben Sie sich nicht gewundert, daß Ihr ehemaliger Vorgesetzter Sie deswegen aufsuchte? Er hatte doch andere Möglichkeiten..."

Wieder diese flatternden Blicke.

"Wieso? Jeder braucht doch mal jemand zum Reden..."

"Seine Frau sagte, er sei zuletzt sehr optimistisch gewesen... hat er Ihnen etwas von seinen Plänen erzählt? Konnten Sie ihm helfen?"

Bubek schüttelte störrisch den Kopf.

Riemann beugte sich zu ihm hinüber.

"Wir vermuten, daß es Geering mit Erpressung versuchte, daß er deswegen erschossen wurde..."

Auch Nina rückte näher an Bubek heran.

"Auch seine Frau wurde umgebracht... sie hat wohl versucht, die Erpressung fortzusetzen..."

Bubek massierte mit der rechten Hand seine Linke.

"Was soll das? Sie machen mir Angst!"

Riemann lehnte sich noch weiter vor.

"Könnte doch sein, daß Geering Sie mit ins Boot geholt hat..."

"Ins Boot geholt? Was soll das heißen?"

"Daß er Sie an seinem Vorhaben beteiligt hat..."

Riemann sah sich in der Wohnung um.

"Ein bißchen Geld könnten Sie doch sicher gebrauchen..."

"So einer bin ich nicht... klar, ich bin arbeitslos... manchmal helfe ich bei der Tafel aus oder mache kleine Reparaturen... warum fragen Sie nicht Geerings Freunde?"

"Außer Ihnen und seiner Frau gibt es niemand, den er so auffällig oft kontaktierte..."

Riemann stand auf und steckte Bubek seine Karte zu.

"Hier, unsere Nummer... falls Ihnen später doch noch etwas einfällt..."

Riemann und Nina stiegen in ihren Dienstwagen und sahen sich genervt an. Riemann schlug mit der Hand gegen das Armaturenbrett.

"Verdammt!"

Er stellte die Verbindung zu *Scroller* her und schaltete den Computer ein. Während er darauf wartete, daß sich *Scroller* meldete, wandte er sich an Nina.

"Manchmal beneide ich die CIA um ihr *Waterboarding*... dieser Bubek verging doch fast vor Angst, aber lieber hält er den Mund als der Polizei etwas zu verraten..."

Scroller war in der Leitung.

"Hallo Leute, was gibt's?"

"Wir brauchen wieder mal Handydaten und 'ne Bankverbindung... wär' toll, wenn du's gleich erledigen könntest..."

"Oh Mann, sucht euch doch 'nen Drittkläßler... also schnell..."

Riemann gab die Adresse und die Handynummer von Manfred Bubek durch. *Scroller* brauchte nur ein paar Minuten.

"Et voilà... ich lege euch die Daten auf den Computer... und tschüß..."

Die Verbindung war unterbrochen, bevor Riemann sich bedanken konnte. Gespannt beugten sich die beiden Kriminalbeamten über den Bildschirm. Bubek war kein Vieltelefonierer, außer den Verbindungen mit Geering waren nur spärliche Gespräche mit seiner Schwester und ein paar Männern verzeichnet, offenbar seine Kumpels, und dann gab es doch noch eine Entdeckung. Regelmäßig, jedoch zu verschiedenen Tageszeiten, hatte Bubek in einem *Club Maribell* angerufen oder war von dort aus kontaktiert worden. Die Bankverbindung dagegen lieferte keine Aufschlüsse. Außer den Sozialleistungen gab es keine regelmäßigen Überweisungen oder auffällige Einzahlungen.

Riemann drehte sich mit einem wölfischen Grinsen zu Nina um.

"Nochmal zu Bubek oder zu diesem Club?"

Nina tat, als ob es sie schauderte.

"Lieber zum Club... wer weiß, ob der arme Kerl deine Befragung überleben würde..."

Die Frau im grauen Leinenkleid, die Haare unter einem Kopftuch verdeckt, richtete sich in ihrem Auto auf und beobachtete durch ihre große Sonnenbrille, wie sich das Dienstfahrzeug der beiden Kriminalbeamten vom Bordstein löste und rasant beschleunigte. Sie stieg aus, eine voluminöse Handtasche über der Schulter, und schlich zu dem schäbigen Wohnblock hinüber, aus dem die Beamten eben gekommen waren. Die Haustür stand offen, da, wo der Riegel sein sollte, klaffte ein Loch. Die Frau hastete in den zweiten Stock, suchte irritiert nach einem Namen und klingelte an der Tür, an der keiner stand. Sie hörte, wie unten der Türöffner summte und klingelte nochmal. Die Tür öffnete sich einen Spalt und Manfred Bubek streckte mißtrauisch seinen Kopf heraus. Die Frau stieß die Tür weit auf, drückte Bubek die Pistole gegen die Brust und drängte ihn in seine Wohnung zurück.

"Wer sind Sie? Was wollen Sie von mir?"

Kraftlos ließ sich Bubek in seinen Fauteuil fallen.

"Bitte, tun Sie mir nichts, ich weiß doch gar nicht, worum es geht..."

Ohne die Pistole loszulassen, nahm die Frau ihre Sonnenbrille ab. Es war Verena Oswald. Sie sah sich rasch in der verwahrlosten Wohnung um und wandte sich wieder an Bubek.

"Du weißt sehr wohl, warum ich hier bin... einer der Erpresser ist tot, du bist der zweite..."

"Aber ich hab' doch Geering nur geholfen..."

"Und was hast du der Polizei erzählt?"

"Gar nichts... die hätten mich doch sonst mitgenommen..."

"Ja, weil du die Chance sahst, meinen Mann als nächster zu erpressen... ein Dreckskerl wie du tut alles für Geld..."

"Geering hatte das gesamte Material... ich schwöre..."

"Du hast nur noch eine Chance..."

Bubek stieß sich mit den Füßen vom Boden ab, als wollte er rückwärts fliehen, doch er war in seinem Sessel gefangen.

"Glauben Sie, ich bin so blöd und spiele Spielchen mit Ihnen?"

Bubek war tot, bevor er realisiert hatte, daß Verena Oswald Ernst machte und tatsächlich auf ihn schoß. Sie hob die drei Patronen auf und machte sich daran, die Wohnung gründlich zu durchsuchen.

Lisbeth kam aus der Dusche und zog sich hastig an. Patrick saß bereits angezogen auf der Bettkante und sah ihr nachdenklich zu.

"Ich kann es jetzt schon kaum erwarten, dich wiederzusehen... uns bleibt immer nur diese gestohlene Zeit..."

Lisbeth knöpfte sich ihre Bluse zu, und Patrick stand auf. Schweigend umarmten sie sich, dann ging Lisbeth zum Fenster, schob den Vorhang ein wenig beiseite und sah auf die Straße hinunter.

"Ich werde den Verdacht nicht los, daß mir seit neustem jemand folgt..."

"Hat dieser Jemand ein Gesicht?"

"Nein, das ist es ja... Karl benimmt sich in der letzen Zeit so merkwürdig... er schnauzt mich nicht mehr an wie früher, aber er belauert mich..."

"Würde dein Mann es nicht sagen, wenn ihm etwas nicht paßt?"

"Er ist nicht mehr mein Mann... er spürt, daß wir uns voneinander entfernen, aber er tut so, als wäre nichts... er würde es als Schwäche empfinden, mit mir darüber zu reden..."

Lisbeth ließ den Vorhang los, drehte sich zu Patrick um und legte ihm ihre Hände auf die Schultern.

"Wir müssen auf der Hut sein, Patrick, Karl ist zu allem fähig..."

Der *Club Maribell* war ein häßlicher, zweistöckiger Zweckbau aus den 70ern des vergangenen Jahrhunderts, weit draußen in einer der Industriezonen der Stadt. Die meisten Fenster waren offen, rote Vorhänge wehten heraus. Gleich hinter dem Eingang befand sich rechterhand ein Verschlag mit einer Fensterfront zum Flur, in dem es nach Putzmitteln, Duftspray und Zigarettenrauch roch. Ein bulliger Mann saß auf einem Drehstuhl und blätterte mißmutig in Papieren. Argwöhnisch beobachtete er, wie Nina und Riemann am Fenster vorbeiwischten und plötzlich in der Tür seines Kabuffs standen. Er sprang auf und machte eine Bewegung, als wollte er sich verteidigen. Nina und Riemann zückten ihre Ausweise und hielten sie ihm unter die Nase, Riemann übernahm das Reden.

"Immer mit der Ruhe, wir sind nicht von der Sitte... wir brauchen nur ein paar Auskünfte, dann sind wir wieder weg..."

Nina zog ihr Smartphone hervor und zeigte dem Mann ein Foto von Bubek. Es war sein Ausweisbild, auf dem er jünger und gepflegter aussah.

"Kennen Sie diesen Mann?"

Der Mann setzte sich wieder an den Tisch und starrte auf das Foto, dann wanderte sein Blick unruhig von Riemann zu Nina.

"Was ist mit dem Typ? Was wollen Sie von ihm?"

"Beantworten Sie einfach unsere Frage: Kennen Sie diesen Mann?"

Der Mann druckste herum und sah dann wütend hoch.

"Ja, kenne ich!"

"Geht das etwas ausführlicher?"

"Er heißt Manfred Bubek, er ist hier so etwas wie das <Mädchen für alles>..."

Etwas verspätet lachte er heiser, ihm war erst jetzt klar geworden, daß er einen Witz gemacht hatte.

"Und weiter?"

"Er repariert Lampen, verklemmte Schlösser, verstopfte Rohre..."

"Wie oft ist er hier?"

"Fast jeden Tag... auch wenn nichts zu tun ist, lungert er hier herum..."

"Und wer bezahlt ihn?"

"Die Geschäftsleitung... ich gebe ihm nur die Aufträge..."

"Alles mit Rechnung und Mehrwertsteuer..."

"Damit habe ich nichts zu tun..."

Riemann trat einen Schritt zurück.

"Das war's schon, hat doch nicht wehgetan..."

Der bullige Mann lehnte sich zurück und grinste unverschämt.

"War mir eine Ehre... warum lassen Sie die Lady nicht hier?"

Manfred Bubek ging nicht ans Telefon und machte auch die Tür nicht auf. Eine ungute Ahnung beschlich die beiden Kriminalbeamten. Diesmal funktionierte Riemanns Türöffnertrick nicht, sie mußten den Hausmeister verständigen. Sie stürmten in die Wohnung und fanden Bubek zurückgelehnt in seinem Fauteuil sitzend, ein Loch mitten in der Stirn, zwei auf Herzhöhe, das bekannte Muster. Schubladen waren herausgerissen, sämtliche Schranktüren standen offen. Der Täter hatte offenbar verzweifelt etwas gesucht. Hatte er es auch gefunden?

Riemann regte sich fürchterlich auf.

"Verdammter Mist! Hätten wir nur ein wenig mehr Druck gemacht, würde der Kerl noch leben, und wir hätten eine Spur..."

Nina, die es genauso schlecht verkraftete, immer einen Schritt zu spät zu kommen, versuchte ihn zu beschwichtigen.

"Ach, Marco... mach' dich doch nicht verrückt...

wir hatten nichts in der Hand, und er hatte keine Ahnung, in welcher Gefahr er schwebte..."

"Aber warum? Die beiden mutmaßlichen Erpresser sind doch tot..."

"Allem Anschein nach hat die ganze Sache etwas mit diesem Bordell zu tun... und der Täter fürchtete einen Mitwisser..."

"Aber wie kam er darauf?"

"Möglicherweise hat er es aus Edna Geering herausgepreßt, bevor er sie erschoß..."

Riemann tigerte ziellos durch die Wohnung und stieß wilde Flüche aus.

Nina legte Riemann eine Hand auf die Schulter.

"Komm, lassen wir Mona ihre Arbeit machen, vielleicht wissen wir dann mehr..."

Nina und Riemann saßen unruhig im Büro der Spurensicherung und warteten auf Mona. Endlich erschien sie in der Tür, legte einen Plastikbeutel auf den Schreribtisch und setzte sich ihnen gegenüber.

"Hat etwas gedauert... sorry..."

Sie griff nach ihren Notizen.

"Also, die Mordwaffe ist dieselbe... das ist wohl keine Überraschung... aber zwei Treffer haben wir trotzdem gelandet..."

Mona griff nach dem Plastikbeutel, der ein kleines, schwarzes Kunststoffteil enthielt, und streckte es den beiden entgegen.

"Das haben wir im Bad gefunden, hinter der Abdeckung der Klospülung..."

Die Köpfe von Riemann und Nina schossen nach vorn.

"Das ist eine Minikamera... was sie aufnimmt überträgt sie mittels eines Senders..."

Fast ehrfürchtig faßte Nina nach dem Beutel.

"Habt ihr auch Aufnahmen gefunden, die damit gemacht wurden?"

"Nein, leider nicht..."

Riemann nahm Nina die Kamera aus der Hand und betrachtete sie von allen Seiten.

"Sieht verdammt so aus, als hätte der Täter danach gesucht..."

Mona nahm den Beutel mit der Kamera wieder an sich.

"Das ist noch nicht alles... In einer Teedose waren 5.000 Euro versteckt... 50 Hunderter..."

Nina nickte zufrieden.

"Das stimmt mit den Bankdaten von Geering überein... vor einer Woche überwies er 5.000 Euro von seinem Tagesgeldkonto auf sein Girokonto und hob dort diesen Betrag in bar ab..."

Auch Riemann wirkte erleichtert.

"Damit ist wohl klar, daß Bubek Geerings Komplize war... immerhin war Geering schlau genug, ihm das Geld nicht zu überweisen..."

Triumphierend sah Nina von Mona zu Riemann.

"Der Täter ist uns zwar immer einen Schritt voraus, dennoch gelingt es ihm nicht, sämtliche Spuren zu verwischen..."

"...sodaß sich allmählich ein Bild vervollständigt... mithilfe von Bubek hat Geering offenbar einen Bordellbesucher gefilmt und ihn dann erpreßt..."

"Aber warum hat er die Kamera aufgehoben?"

"Was weiß ich, vielleicht als Pfand gegen Geering... falls er ihn nicht bezahlte..."

Mona schüttelte unwillig den Kopf.

"Großartig! Im Kombinieren seid ihr spitzenmäßig... aber wie wär's, wenn ihr jetzt den Täter schnappt und rausfindet, worum es bei der Erpressung ging?"

Viktor Lansing legte seine Zahnbürste in den Becher, prüfte seine Zähne und löschte im Bad das Licht. Vorsichtig, um seine Frau nicht zu wecken, öffnete er die Tür zum Schlafzimmer und legte sich auf seiner Seite ins Bett. Doch Marion schlief noch nicht, sie streckte eine Hand aus und faßte wortlos nach dem Arm ihres Mannes.

"Du schläfst noch nicht? Es ist schon spät..."

"Du warst so unruhig den ganzen Tag... du sprichst sonst mit mir, wenn dich etwas bedrückt... oder wolltest du mir diesmal einen Zettel schreiben?"

"Du hast mich wie immer durchschaut..."

Lansing rückte näher an seine Frau heran.

"Der Kerl, der unsere Haustechnik hackte, hat mich heute im Büro aufgesucht..."

"Und?"

"Er tat so, als wüßte er über alles Bescheid..."

"Ist das möglich?"

"Keine Ahnung, vielleicht klopft er nur auf den Busch... jedenfalls gab er vor, noch andere Investoren zu vertreten..."

"Was wirst du tun?"

"Ich habe ihn morgen früh auf unsere Hütte bestellt... mal sehen, was er zu bieten hat..."

Marion richtete sich auf und versuchte ihrem Mann in die Augen zu sehen.

"Du hast doch nicht etwa vor..."

"Nein, nichts dergleichen... ich habe noch im Ohr, was du gestern gesagt hast..."

Marion legte sich wieder hin.

"...im schlimmsten Fall zahle ich die Investitionen zurück..."

Lansing strich ihr sanft die Haare aus dem Gesicht

und ließ seine Hand tiefer gleiten. Marion drehte sich herum und küßte ihn leidenschaftlich auf den Mund.

Verstohlen schlichen die letzten Kunden aus dem *Maribell*, gleich war es zwei Uhr, dann wurde die Eingangstür geschlossen, danach konnte man nur noch hinten raus, durch eine Tür, die außen keine Klinke hatte.

Die Gestalt, die eben noch hereingeschlüpft war und von niemandem beachtet wurde, trug Jeans, eine weite Windjacke, eine Baseballkappe auf dem Kopf und eine dunkle Hornbrille, die ihre Augen größer erscheinen ließen. Sie eilte mit gesenktem Kopf nach oben in den zweiten Stock und suchte nach einem bestimmten Zimmer. Die Tür stand halb offen, sie glitt hinein und schloß sie hörbar hinter sich.

Die *Domina*, die in diesem Zimmer herrschte, stand mit dem Rücken zu ihr und war dabei, sich ihrer Arbeitsmontur zu entledigen.

"Danke Sally, leg' die Zigaretten einfach auf die Kommode..."

Als keine Antwort kam, drehte sie sich um und betrachtete überrascht den Eindringling.

"Was willst du? Du bist zu spät dran... komm morgen wieder..."

Die Gestalt riß sich die Brille von der Nase und die Kappe vom Kopf, schwarzes, dichtes Haar fiel ihr ins Gesicht. Verena Oswald hob die rechte Hand aus der Jackentasche und richtete die Pistole mit dem langen Rohr vor der Mündung auf die *Domina*. Die Maske hatte diese bereits abgelegt, strähnige, blondierte Haare klebten ihr am Kopf, und aus ihrem feisten Gesicht funkelten Verena Oswald kleine böse Augen an.

"Hey, was soll das... hier gebe *ich* die Befehle... außerdem... bei mir geht nichts mit Frauen..."

"Halt' endlich dein Maul, du billige Schickse, meinen Mann wirst du nie mehr demütigen..."

Drei Schüsse ploppten, und bevor die *Herrin* begriff, daß das kein Spiel war, lag sie still und tot auf dem Boden.

Die Morgendämmerung war nicht mehr weit, die ersten Vögel waren aus dem Schlaf aufgewacht und fingen an zu gurren, als Verena Oswald nach einer ausgiebigen Dusche geräuschlos ins Himmelbett neben ihren Mann schlüpfte. Oswald lag auf dem Rücken und streckte eine Hand nach seiner Frau aus, offensichtlich hatte er bis jetzt kein Auge zugemacht.

"Endlich... du bist zurück..."

Verena ergriff seine Hand, ohne sich nach ihm umzusehen.

"Ja... und alles ist erledigt..."

Oswald seufzte und bewegte unruhig seine Beine.

"Glaubst du wirklich, es ist richtig, was wir da

tun?"

"Es gibt niemanden, der über uns wacht oder über uns richtet... wir sind ganz allein... für Ordnung müssen wir selber sorgen..."

"Und wenn jeder so denkt und handelt?"

Verena lachte bitter auf.

"Wir tun nur das, was die anderen auch tun... wir kümmern uns um uns..."

Oswald drehte sich zu seiner Frau um und sah sie eindringlich an.

"Verena, ich weiß, wir sind auf ewig miteinander verbunden... aber was ist, wenn es mich wieder packt? Wenn ich diesem Drang nicht widerstehen kann?"

Auch Verena wandte sich jetzt ihrem Mann zu.

"Sei still, Armin, dafür finden wir eine Lösung... und das investierte Geld holen wir uns zurück... niemand bleibt uns etwas schuldig, und auch wir bleiben niemandem etwas schuldig... wir wollen nur in Ruhe leben..."

"Ich wünschte, wir hätten Kinder, dann könnten wir in Frieden gehen..."

"Es ist vielleicht besser so... mein Bruder hat eine sehr nette Familie, das Leben wird also weitergehen..."

Verena rückte näher an ihren Mann.

"Komm, wir müssen schlafen, wir brauchen beide unsere ganze Kraft..."

Sie schlangen sich ineinander und schliefen augenblicklich ein.

4

Kevin Klein stieg aus dem Sattel und trat im Stehen in die Pedale. Wie immer an seinen freien Tagen stellte er sich den kräftezehrenden Herausforderungen seiner Klettertour. Der Berg war zwar nicht sehr hoch, aber extrem steil, und seitdem sie auf der gegenüberliegenden Seite eine breitere und bequemere Straße bis zum Gipfel gebaut hatten, wo ein komfortables Hotelrestaurant mit einem fantastischen Panoramablick stand, waren auf den steilen Serpentinen fast nur noch Anrainer unterwegs. Die Luft war sauber und der Trubel der Großstadt fern, hin und wieder hallte das *Krrrkrrrkrrr* einer Rabenkrähe von den felsigen Bergwänden wider. Die Sonne war mittlerweile aufgegangen, der Schweiß hatte Kevin längst das Stirnband durchnäßt, sodaß er begann, ihm in die Augen zu tropfen. Mißmutig registrierte er, daß er bereits nach der fünften Steilkehre seine sitzende Fahrweise aufgeben mußte, sonst hatte er es meistens bis zur sechsten geschafft. Die siebte Kurve kam in Sicht, auf deren rechter Seite, von zerbeulten Leitplanken gesichert, es schnurgerade in den Abgrund ging. Keuchend versuchte er, seinen Rhythmus zu halten, und achtete darauf, daß er in der Mitte der Straße blieb, ihm wurde immer leicht schwindlig, wenn er zu nahe an der Leitplanke entlang fuhr. Noch ein paar Umdrehungen, und er konnte wieder in den Sattel, denn nach dieser Kehre wurde es eine Weile wieder flach. Reflexartig suchten seine Augen nach der Leitplanke, doch sie kam nicht, dort, wo sie sich befinden sollte, war gähnende Leere. Der Schock ließ ihn beinahe das Gleichgewicht verlieren, dann stieg er zum Berg hin vom Rad. Vorsichtig bewegte er sich auf allen Vieren auf die ungesicherte Stelle zu und sah, daß etwa fünf Meter darunter ein größerer Felsvorsprung hervorragte, bevor es direkt in den Abgrund ging. In dieser Felsnische lag ein völlig ausgebranntes Auto auf dem Dach, das unsichtbare Feuer knisterte noch, und schwarzer Rauch stieg auf. Klein setzte sich auf der Bergseite auf den Boden und holte sein Handy aus der Satteltasche.

Der *Club Maribell* stand im Schatten des gegenüberliegenden Bürohochhauses, als Nina und Riemann den Eingang betraten. Die Putzkolonne war noch bei der Arbeit, dennoch lungerten in der Nähe bereits potentielle Freier herum. Der Hausmeister empfing sie mit finsterer Miene, der frühe Morgen war nicht seine Tageszeit.

"Was haben Sie mit Bubek gemacht? Ich brauche ihn dringend, irgendwas stimmt nicht mit der Klimaanlage..."

Riemann bemühte sich gar nicht erst um einen freundlichen Umgangston.

"Bubek hat eine Kugel im Kopf... offenbar hat er bei einer schmutzigen Erpressung mitgemacht..."

Dem Hausmeister schien das zu imponieren.

"Dieser kleine Kerl? Hätte ich ihm nicht zugetraut..."

Nina mischte sich in das Gespräch.

"Passen Sie auf, was Sie sagen... er hatte mindestens in eines der Zimmer eine Kamera hineingeschmuggelt, und mit den Aufnahmen wurde ein Kunde erpreßt..."

Den Hausmeister schüchterte das nicht ein.

"Ach, und Sie denken, ich wußte davon... oder bin sogar beteiligt..."

"Dann erklären Sie uns, wie das möglich war..."

"Bubek hatte einen Generalschlüssel, anders ging es gar nicht... wenn ich jedem hinterherschnüffle, der hier reinkommt, ist der Laden morgen dicht..."

Der Hausmeister spürte, daß die Kriminalbeamten nichts in der Hand hatten, und lehnte sich entspannt zurück. Riemann versuchte es mit einer letzten Frage.

"Wenn Sie an die letzten Wochen denken... hat sich Bubek nicht auffällig benommen? War er nicht öfter im selben Zimmer?"

"Wir haben vierundzwanzig Damen, die anschaffen, acht auf jeder Etage... glauben Sie im Ernst, da behalte ich den Überblick?"

Nina überlegte, wie sie dem Kerl zum Schluß einen mitgeben konnten, als eine der Putzfrauen in heller Aufregung ins Kabuff stürmte.

"Bitte kommen... Frau tot... viel Blut..."

Der Hausmeister griff sich die Schlüssel.

"Schon gut... zeigen Sie uns das Zimmer..."

Das Zimmer lag im zweiten Stock und gehörte einer *Domina*. Es war ein voll eingerichtetes Studio mit viel schwarzem Latex und Leder, eisernen Marterstühlen und Streckbänken, von der Decke baumelnden Hand- und Fußfesseln. Die *Domina* lag halb entkleidet mitten im Raum auf dem Rücken, ein blutrotes Loch in der Stirn und zwei Einschüsse auf Herzhöhe. Patronenhülsen waren keine zu sehen. Während Riemann kurz nach der Halsschlagader tastete, blieb Nina an der Tür stehen und wandte sich an den Hausmeister.

"Warum wurde diese Frau erst jetzt gefunden?"

"Die Mädels, die hier arbeiten, wohnen auch hier... keiner kontrolliert, ob sie nach Feierabend in ihren Betten liegen..."

"Okay... gehen Sie wieder nach unten und nehmen Sie die Putzfrau mit... beruhigen Sie sie... niemand verläßt das Gebäude..."

Der Hausmeister, jetzt merklich beeindruckt, faßte die Frau am Arm, redete in einer Fremdsprache beruhigend auf sie ein und ging mit ihr langsam die Treppe hinunter.

Riemann war wieder an die Seite von Nina getreten, die immer noch in der Tür stand und mit einer Mischung aus Faszination und Abscheu die Szenerie betrachtete.

"Es ist beängstigend... jede unserer Fragen wird mit einer neuen Leiche beantwortet..."

"Ja, aber wenigsten wissen wir jetzt, daß diese *Domina* der Grund für die Erpressung war..."

Wie bei einer ins Stocken geratenen Karawane stauten sich die Einsatzfahrzeuge der Polizei und der Feuerwehr entlang der Stelle, wo das Auto die Leitplanke durchschlagen hatte und auf dem Felsvorsprung gelandet war. Einzelne Presseleute hatten auf den Notfallwegen Stellung bezogen, die man für den Fall von Bremsversagen in den Berg gehauen hatte.

Kevin Klein, an dem die Einsatzleitung rasch das Interesse verlor, nachdem klar war, daß er vom Unfall selbst nichts mitbekommen hatte, setzte beleidigt seine Klettertour fort. Vollkommen aus dem Tritt, war ihm dieser Tag gründlich verdorben.

Im Augenblick konzentrierte sich das ganze Interesse auf den Kranwagen eines privaten Pannendienstes, der das verunfallte Auto behutsam in die Höhe hob und vorsichtig auf der Ladefläche abstellte. Obwohl völlig ausgebrannt, konnte man die Formen eines *Porsche Panamera* erkennen und daß der Fahrer noch am Steuer saß. Pressefotografen preschten vor und wurden von den Polizeikräften grob zurückgedrängt. Eine riesige Plastikplane wurde über das Autowrack gebreitet und festgezurrt, dann machte sich der Fahrer auf den Weg. Die Straße war so eng, daß der Kranwagen weder wenden konnte noch rückwärts an den anderen Fahrzeugen vorbeikam, er war gezwungen, bis zur Anhöhe zu fahren, um über die andere Seite in die Stadt zu gelangen.

Ein Feuerwehrfahrzeug nahm die Stelle ein, wo zuvor der Kranwagen gestanden hatte, um die Männer hochzuhieven, die, mit Stahlseilen gesichert, das Autowrack auf halsbrecherische Art und Weise für die Bergung präpariert oder Spuren gesichert hatten. Sobald der letzte Feuerwehrmann an Bord und die Absturzstelle mit Absperrgittern notdürftig gesichert war, fuhr auch dieses Fahrzeug los, und allmählich folgte die ganze restliche Armada. Es herrschte wieder vollkommene Stille.

Hartmut Zirner, Chef der Mordkommission, kam gleich auf den Punkt, als Nina und Riemann sein Büro betraten. Er sah bleich und abgekämpft aus.

"Nina, Marco... schön, Sie wieder einmal zu sehen... aber ich habe schlechte Nachrichten für Sie... der Überfall auf den *Table Dance Club* vergangene Woche ist mit hoher Wahrscheinlichkeit ein Terroranschlag... hat also höchste Priorität..."

Riemann und Nina hatten auf den Besucherstühlen vor Zirners Schreibtisch Platz genommen.

"...neben dieser Erpressergeschichte müssen Sie also auch den Mord an diesem *Porsche Panamera*-Fahrer übernehmen..."

Nina schüttelte verwirrt den Kopf.

"Aber... das war doch ein Selbstunfall..."

"Nicht für den Pathologen... die Leiche ist zwar bis zur Unkenntlichkeit verbrannt, doch er fand einen

Stichkanal auf Herzhöhe und an derselben Stelle eine halb durchgetrennte Rippe... eine Verletzung, die nicht durch den Autounfall verursacht werden konnte... eher durch ein scharfes Messer..."

Riemann und Nina sahen sich angesäuert an.

"Tut mir leid... Sie sind inzwischen ein gut eingespieltes Team, dennoch werden Sie wohl das eine oder andere Mal getrennt ermitteln... sollten Sie Hilfe benötigen, kann ich Ihnen jederzeit eine Hilfskraft zuteilen..."

"Und wer von der Spurensicherung ist am *Porsche*-Fahrer dran?"

"Mona Ryser... ich weiß, daß Sie beide gern mit ihr zusammenarbeiten..."

Nina und Riemann standen auf, die Erleichterung war Nina vom Gesicht abzulesen.

"Gott sei Dank... die findet immer etwas und hält uns auf Trab..."

Riemann lachte und legte Nina einen Arm um die Schulter. Gemeinsam gingen sie zur Tür.

"Oh ja, die läßt nie locker, sie spornt uns ständig zu Höchstleistungen an..."

Zwei Telefone auf dem Schreibtisch schrillten gleichzeitig. Zirner lächelte gequält.

"Wie gerne würde ich mich von Ihnen briefen lassen, aber Sie sehen, man setzt mich laufend unter Druck..."

Nina und Riemann fanden Mona in der Polizeigarage, wo der *Porsche Panamera* noch auf Spuren untersucht wurde. Sie sah übermüdet aus und ließ ihren unerschütterlichen Optimismus vermissen.

"Na, ihr habt mir gerade noch gefehlt... man hetzt mich von Tatort zu Tatort und erwartet die Ergebnisse lieber gestern als morgen..."

Nina rieb Mona aufmunternd den Arm.

"So schlimm kann es doch nicht sein... wenigstens *wir* wissen, was wir an dir haben..."

Mona lächelte, genau das wollte sie hören.

"Also, womit fangen wir an?"

Nina sah Riemann an und zuckte mit den Schultern.

"Egal... mit der *Domina*..."

"Dieselbe Waffe, keine Patronenhülsen... keine Spuren, die man dem Täter zuordnen könnte..."

"Todeszeitpunkt?"

"Irgendwann nach Mitternacht... vermutlich kurz vor Schließung des Clubs..."

"Klingt einleuchtend..."

Nina verzog enttäuscht das Gesicht.

"Die Befragungen im *Mirabell* ergaben natürlich rein gar nichts... ein klassisches Beispiel für die drei Affen..."

Riemann kickte wütend eine Schraube weg.

"Für mich sieht es beinahe so aus, als ob die erpreßte Person einen Profi beauftrag hat... Der Betreffende muß voll in der Öffentlichkeit stehen, daß er sich mit allen Mitteln wehrt, und so einer hat doch gar keine Zeit, das alles selbst zu erledigen..."

Sinnend sah Nina Riemann an.

"Denkbar... doch wie finden wir einen Killer, der keine Spuren hinterläßt und jeden wegräumt, der Hinweise liefern könnte, auch solche zu seinem Auftraggeber?"

"Daran werden wir noch eine Weile zu kauen haben..."

Riemann wandte sich ungeduldig an Mona.

"Und was ist mit diesem *Porsche*-Fahrer?"

"Er heißt Viktor Lansing, ist um die vierzig, verheiratet... ein sehr erfolgreicher Finanz- und Anlageberater... der *Panamera* ist auf ihn zugelassen..."

"Ist seine Identität gesichert?"

"So gut wie... Ehering, Siegelring... die Uhr müßt ihr überprüfen... das verschmorte Smartphone... Plastikausweise, auf denen gerade noch einige Daten erkennbar sind... Schuhe, die in London nach Maß angefertigt wurden... eventuell auch die Kleidung, nach den Überresten zu schließen... da brauche ich noch Gewebeproben zum Vergleich..."

"Zirner sagt, er wurde erstochen..."

"Ohne Zweifel... der <Unfall> sollte den Mord

wohl vertuschen... wäre er fünfhundert Meter tiefer abgestürzt und nicht in dieser Felsnische hängengeblieben, bräuchten wir uns jetzt nicht damit herumzuschlagen..."

"Und was hatte er da oben zu suchen?"

In Monas Augen glimmte wieder die alte Streitlust auf.

"Na, du bist gut... jetzt seid ihr wieder an der Reihe..."

Sie fuhren die lange, ruhige Straße entlang, in der eine Villa neben der anderen stand. Gereizt musterte Riemann all die Luxuskarossen, die vereinzelt in den Einfahrten parkten.

"So lebt man also, wenn man mit Geld jonglieren kann..."

Nina, die am Steuer saß, ließ sich davon nicht beeindrucken.

"Die leben doch gar nicht... die fürchten zu sehr, daß man ihnen das alles wieder wegnehmen könnte..."

Riemann grinste.

"So reden alle, denen die Trauben zu hoch hängen..."

Auf der rechten Seite kam der weiße Bungalow der Lansings in Sicht. Nina parkte ein und wandte sich an Riemann.

"So, und jetzt nimm dich zusammen... daß der Neid dir nicht das Hirn vernebelt..."

Riemann lachte und puffte Nina in die Seite. Am Gartentor drückten sie auf einen messingenen Knopf. Es raschelte, und eine angenehme, warme Frauenstimme meldete sich.

"Ja, bitte?"

Riemann schürzte anerkennend die Lippen und beugte sich zur Sprechanlage hinunter.

"Hauptkommissarin Brandner und Hauptkommissar Riemann... wir haben angerufen..."

Es raschelte wieder, dann sprang das Tor nach innen auf, und in der Haustür erschien Marion Lansing. Sie wirkte sehr gefaßt. Die beiden Beamten zeigten ihre Ausweise.

"Marion Lansing... bitte kommen Sie herein..."

Sie folgten der Hausherrin ins Wohnzimmer, wo bereits Melanie Behrens auf sie wartete und bei ihrem Erscheinen von der Couch aufstand.

"Das ist Melanie Behrens, die Assistentin meines Mannes... Frau Brandner und Herr Riemann von der Kriminalpolizei... bitte nehmen Sie doch alle Platz..."

Auf dem Glastisch in der Sitzecke standen Gläser und kleine Plastikflaschen mit Mineralwasser.

Marion Lansing deutete vage darüber hin.

"Bitte bedienen Sie sich..."

Sie wandte sie sich an die Kriminalbeamten.

"Ich hoffe, es ist Ihnen recht, daß ich Frau Behrens dazugebeten habe... sie ist eine Freundin der Familie und weiß bestens über sämtliche geschäftliche Aktivitäten und die Termine meines Mannes Bescheid..."

Nina lächelte Melanie Behrens zu. Als Freundin der Familie konnte sie sich dieses makellose, undurchschaubare Wesen beim besten Willen nicht vorstellen.

"Selbstverständlich akzeptieren wir Ihre Anwesenheit... es erspart uns sogar eine Menge Lauferei..."

Nina wunderte sich über die Beherrschtheit Marion Lansings, wie sie beharrlich von <ihrem Mann> sprach und das Wort <verstorben> mied, aber vielleicht hielt sie so ihre Trauer in Schach. Sie goß sich ein Glas Wasser ein und wandte sich an die Hausherrin.

"Frau Lansing, es tut uns sehr leid, was passiert ist, wir werden alles tun, um die Umstände des Ablebens ihres Mannes aufzuklären..."

Riemann sah Nina auffordernd an, doch da sie nicht verstand, was er wollte, fuhr er fort.

"... aber um ganz sicherzugehen, daß es sich wirklich um Ihren Mann handelt, werden Sie noch ein paar Gegenstände identifizieren müssen, und wir nehmen ein paar Proben mit... aber das machen wir später..."

Nina nickte ihm zu, setzte sich zurecht und richtete sich an beide Frauen.

"Was wir als erstes wissen müssen, ist folgendes: War Herr Lansing mit jemandem verabredet, und was hat ihn in die Gegend der Absturzstelle verschlagen?"

Melanie und Marion sahen sich an, Melanie ließ Marion den Vortritt.

"Auf halber Höhe des Bergs haben wir ein kleines Chalet, dort traf sich mein Mann öfter mit Geschäftsleuten, wenn sie außerhalb der Bürozeiten ihre Ruhe haben wollten... manche übernachteten sogar dort..."

"Und hatte er eine Verabredung?"

Jetzt meldete sich Melanie zu Wort.

"Ja, gestern vormittag kam ein Mann ins Büro, Marek Kupka... ohne Termin... wegen irgendetwas war er sehr aufgebracht, und Herrn Lansing gelang es nur mühsam, ihn zu beruhigen..."

Riemann betrachtete fasziniert die zwei Frauen, wie sie beide, jede auf ihre Art, in vollkommen perfekter Haltung und im Bewußtsein ihrer unwiderstehlichen Attraktivität wie auf einer Bühne ihre Fragen beantworteten, als sei nicht erst heute morgen ein Mann umgebracht und bis zur Unkenntlichkeit verunstaltet worden, der ihnen sehr nahegestanden hatte, und für einen kurzen Augenblick beschlich ihn ein Gefühl der Unwirklichkeit. Waren diese Frauen echt? Oder waren es hochkomplexe Puppen, die von irgendwoher ferngesteuert wurden? Ärgerlich wischte er seine Gedanken beiseite.

"Hat er nicht mit Ihnen darüber gesprochen, warum er so wütend war?"

"Nein, er bat mich nur, das Chalet vorbereiten zu lassen, er wollte sich heute früh mit ihm dort treffen..."

"Hatten Sie das Gefühl, daß er diesen Mann kannte?"

"Nein, das hätte er mir gesagt... oder ich hätte es gemerkt..."

Riemann wandte sich an Marion.

"Hat er Sie über sein Verabredung im Chalet informiert?"

"Ja, gestern abend, als er nach Hause kam..."

"Ist Ihnen das nicht merkwürdig vorgekommen?"

Marion lächelte wehmütig und ließ sich Zeit.

"Mein Mann hatte ein sehr starkes Gefühl für Menschen, eine Art osmotische Sensibilität... er wußte, wie er sie nehmen mußte, das war ein Teil seines Erfolgs..."

"Und bei Kupka?"

"Er hat ihn ernstgenommen, das hat er wahrscheinlich gebraucht..."

"War das nicht leichtsinnig? Möglicherweise hat Kupka ein paar harte Jungs mitgenommen, oder er hatte von vornherein die Absicht, ihren Mann umzubringen..."

"Viktor wirkte sehr zuversichtlich... er war überzeugt, das Problem lösen zu können..."

Riemann signalisierte Nina, sie solle weitermachen.

"Frau Lansing, Frau Behrens, wir möchten Sie daran erinnern, daß wir hier nicht einen Autounfall untersuchen... bevor er in seinem Wagen verbrannte, wurde Herr Lansing mit einer Stichwaffe umgebracht.... der <Unfall> sollte den Mord nur vertuschen..."

Unschuldig wie Marienstatuen sahen die beiden Frauen auf ihre Hände nieder, die sie auf ihren Knien gefaltet hielten, und schwiegen.

"Gut, dann zeige ich Ihnen jetzt die Uhr, die wir beim Opfer fanden... und vielleicht geben Sie uns fürs Labor einen Anzug mit... daß Ihr Mann seine Schuhe bei *Mason & Mason* fertigen ließ, haben Sie ja schon bestätigt..."

Nina holte den Plastikbeutel mit der Uhr aus ihrer Jackentasche und legte sie vor Marion Lansing auf den Glastisch. Es war eine *Jaeger-LeCoultre Master Ultra Thin Date* in Rotgold. Das Lederarmband war verbrannt und das Glas gesprungen, doch man konnte Marke und Ausführung immer noch eindeutig erkennen. Zögernd nahm Marion die Uhr in die Hand und betrachtete sie eingehend. Ein leises Zucken ging durch ihren Körper, dann hob sie den Kopf und gab die Uhr zurück. Ihre Augen waren feucht geworden.

"Ja, das ist Viktors Uhr, ich habe sie ihm zum vierzigsten Geburtstag geschenkt..."

Riemann, der Marions Reaktion scharf beobachtet hatte, seufzte innerlich auf. Offenbar hatten sie es doch mit menschlichen Wesen zu tun.

Nina warf den in Folie verpackten Anzug von Lansing auf die Rückbank ihres Dienstfahrzeugs und ließ sich wie Riemann völlig konsterniert auf den Sitz fallen. Ungläubig wandte sich Riemann an Nina.

"Viktor Lansing ist ein Wohltäter, und diesen Kupka hat er angeblich gebändigt wie einen Nasenbär... und trotzdem ist er jetzt tot... was hältst du von dieser Geisterveranstaltung?"

Nina schüttelte lachend den Kopf.

"So elegant wie die beiden habe ich noch nie jemand mauern sehen... dennoch hast du sie angehimmelt wie Popstars..."

Riemann fühlte sich ertappt.

"Bevor ich etwas Sexistisches sage... du kannst nicht leugnen, daß sie in der ersten Reihe der VIP-Lounge sitzen..."

"Umso größer der Spaß, sie zu knacken, oder?"

"Ja, das wird spannend..."

Nina legte den Sicherheitsgurt an und wurde wieder sachlich.

"Ich schlage vor, du nimmst dir mit Mona die Wohnung von Kupka vor... ich besorge mir den Schlüssel zur Berghütte und sehe mich dort etwas um... okay? So kann ich unterwegs kurz meine Mutter sehen..."

"Klingt gut... so kann ich mich endlich an Mona ranmachen..."

In der Kantine der Einzelhandelskette, wo sie arbeitete, erkannte Nina ihre Mutter sofort. Sie saß allein an einem Tisch und hatte das vegetarische Menu vor sich auf dem Tablett. Sie hatte stark abgenommen, ihr Gesicht wirkte nicht mehr verquollen, und ihre Augen hatten wieder Glanz. Seit dem plötzlichen Tod ihres Vaters vor einem halben Jahr hatte Nina sie nur bei zwei Behördengängen begleitet und kaum Zeit gehabt, sich mit ihr auszusprechen. Nina setzte sich mit ihrem Kaffee ihr gegenüber.

"Hallo, Mama, du siehst ja fantastisch aus!"

Ninas Mutter wurde verlegen, aber so, als würde man sie mit diesem Kompliment beleidigen.

"Ach was, man sollte einer alten Frau keine Flausen in den Kopf setzen..."

"Warum so bescheiden? Du bist doch noch jung..."

Die Mutter legte das Besteck beiseite und wurde ernst.

"Weißt du, wenn die Leute so etwas sagen, denken sie heimlich, aha, jetzt wo ihr Mann tot ist, läßt sie sich's gutgehen... aber so ist es nicht..."

"Ach Mama, mach' dich doch nicht verrückt... wir wissen doch beide, daß mein Vater in den letzten Jahren sehr anstrengend war... ich habe meinen Frieden mit ihm gemacht und denke einfach nur an die schöne Zeit, als ich ein Kind war..."

Nina faßte nach der Hand ihrer Mutter.

"Genieß' dein Leben, du hast es verdient... du hast immer zu ihm gehalten, egal, wie schlecht er dich behandelte..."

Die Mutter entzog Nina die Hand, griff nach einer Papierserviette und tupfte sich die Augen.

"Meinst du?"

Beinahe beschwörend, als warte sie auf die Absolution, sah sie ihre Tochter an, und Nina mußte lachen.

"Jetzt stell dich nicht so an... du weißt genau, daß ich recht habe..."

Die Mutter versuchte ein Lächeln.

"Es geht mir wirklich gut, ich arbeite jetzt ganztags, und sie haben mich ins Büro geholt, ich kontrolliere jetzt Rechnungen und all' so n' Kram..."

Nina tätschelte ihrer Mutter die Hand.

"Ich muß leider wieder los... aber weißt du was, Gregor und ich laden dich mal zum Essen ein... ich werde auch Roland fragen, er hat doch jetzt eine nette Freundin..."

Melanie Behrens saß voll konzentriert an ihrem Computer und arbeitete die Liste von Lansings Klienten durch, die dringend um einen Termin gebeten hatten, nachdem bekanntgeworden war, daß ihr Finanz- und Anlageberater bei einem Autounfall ums Leben gekommen war. Daß er ermordet wurde, war noch nicht bis in die Öffentlichkeit vorgedrungen.

Die Türklingel ertönte, und Melanie drückte automatisch auf den Öffner, doch der Besucher stand bereits draußen im Flur. Melanie gab auch die Bürotür frei, und mit energischem Schwung betrat Verena Oswald den Empfangsraum. Melanie ging ihr entgegen und gab ihr förmlich die Hand.

"Meine Name ist Melanie Behrens, ich bin die Assistentin von Herrn Lansing..."

Verena taxierte ihr Gegenüber mit einem raschen Blick.

"Verena Oswald, ich bin in Vertretung meines Mannes hier, Armin Oswald..."

"Bitte nehmen Sie doch Platz..."

Melanie deutete auf die Besucherstühle und setzte sich wieder hinter ihren Schreibtisch.

"Nach dem tragischen Tod von Herrn Lansing bin

ich gerade dabei, die Geschäfte seiner Klienten zu ordnen und abzuwickeln... Ihr Name steht nicht auf der Liste..."

Voller Anspannung hatte Verena auf einem der Stühle Platz genommen, ohne Melanie aus den Augen zu lassen.

"Es geht auch nicht um Finanz- oder Anlageberatung, es geht um unsere Investition in die Firma *Seaside Homes Incorporated*, die unerwartet Konkurs angemeldet hat..."

Melanie hob den Kopf, und ihre veilchenblauen Augen lächelten Verena unschuldig an.

"Tut mir leid, da komme ich nicht mit... wenn Sie keine Kunden von Herrn Lansing waren... wie kann er dann für eins Ihrer Investments verantwortlich sein?"

Gegen ihren Willen bewunderte Verena Melanies mädchenhaft züchtigen Gesichtsausdruck, sie spielte das Unschuldslamm mit großer Überzeugung. Sie legte die Beine übereinander und lehnte sich zurück.

"Sie sind große Klasse, Frau Behrens, nur leider hilft Ihnen das wenig... ich weiß, daß ein gewisser Marek Kupka Lansing als Betrüger entlarvt und deswegen aufgesucht hat... er vertrat etwa ein Dutzend Opfer, darunter uns..."

Melanie klappte ihren Laptop zu, verschränkte ihre Hände und stützte ihre Ellbogen auf dem Schreibtisch auf.

"Das sind sehr schwere Anschuldigungen, die Sie da erheben, Frau Oswald, das ist Ihnen doch wohl klar..."

"Selbstverständlich... umso auffälliger, daß Herr Lansing sich ausgerechnet jetzt so elegant aus der Affäre gezogen hat..."

Melanie Behrens mußte an sich halten, um nicht die Beherrschung zu verlieren, auf ihren makellosen Wangen erschienen rote Flecke.

"Ist das Ihr Ernst? Herr Lansing ist einem Verbrechen zum Opfer gefallen, und Marek Kupka wird deswegen gesucht... das werden Sie noch früh genug erfahren..."

Verena versuchte, sich von dieser Neuigkeit nicht aus dem Konzept bringen zu lassen.

"Wie auch immer, Lansing hat Firmen kreiert, die es in Wirklichkeit gar nicht gab, und sobald genug Investorengeld zusammen war, gingen sie pleite... das wissen Sie doch ganz genau..."

Die beiden Frauen maßen sich mit Blicken, dann stand Verena Oswald unvermittelt auf.

"Ich bin nicht gekommen, um mit Ihnen zu streiten... ich will unsere Einlage zurück... zweihunderttausend... plus die versprochenen zwanzig Prozent Gewinnbeteiligung... machen Sie das mit Frau Lansing aus..."

Melanie saß da wie erstarrt und überlegte fieberhaft.

"Wie stellen Sie sich das vor? Das geht nicht auf Knopfdruck..."

Verena Oswald holte einen Zettel aus ihrer Handtasche und warf ihn auf den Schreibtisch.

"Das ist unsere Bankverbindung... falls bis morgen um diese Zeit das Geld nicht eingegangen ist, wimmelt es hier von Polizisten..."

Nina fuhr im zweiten Gang die Serpentinen hinauf und hielt sich an der Absturzstelle dicht an die Hangseite, dann zweigte irgendwo ein schmaler Naturpfad ab, der an Lansings Berghütte endete. Auf halbem Weg, als das Haus schon sichtbar war, glaubte sie an einem der Fenster einen Schatten vorbeihuschen zu sehen, doch das konnte auch an den rasch wechselnden Lichtreflexen liegen. Hinter der Hütte hatte man eine große Fläche asphaltiert und einen Carport darauf errichtet, Platz genug für drei Personenwagen.

Das Haus selbst, im Chalet-Stil gebaut, war alt und verwittert. Nina öffnete das Sicherheitsschloß und entsperrte auch die beiden Metallstangen, die im Türrahmen verankert waren. Innen war das Haus komplett erneuert, das Wohnzimmer mit massivem Holzparkett und die offene Küche mit modernster Einrichtung nahmen das gesamte Erdgeschoß ein, auch ein großzügiges Bad war darin integriert.

Nina zog ihre Waffe, bevor sie von der kleinen Diele ins Wohnzimmer schlich, dann stieg sie vorsichtig die Treppe in den ersten Stock hoch, wo sie drei Schlafzimmer vorfand, alle mit einem kleinen Duschbad ausgestattet. Es war vollkommen still im Haus, nichts deutete darauf hin, daß sich außer ihr noch ein Mensch hier aufhielt.

Zurück im Wohnzimmer sah sie sich genau um. Es gab eine komfortable Sitzecke mit Fernseher und Musikanlage, in der anderen Ecke einen großen Eßtisch aus Holz, an dem bequem acht Menschen Platz fanden. In der Sitzecke standen zwei gebrauchte Kaffeetassen auf dem Glastisch und Teller mit Essensresten, Fettränder von Schinken, Käserinden und ausgetrocknete Brotstücke in einem Korb. Nina steckte ihre Pistole wieder ein und suchte den Boden nach einer blutigen Stichwaffe und Kampfspuren ab, doch alles war sauber, keine Gegenstände lagen herum, die bei einem Gerangel als Waffe hätten verwendet oder umgeworfen werden können. Hatte Kupka Lansing erst draußen attackiert? Aber irgendwie machte das keinen Sinn, er war es doch, der von Lansing etwas wollte. Hatte er zu hitzig auf eine Provokation oder Beleidigung reagiert und war dabei zu weit gegangen? Das war die einzige plausible Erklärung, die Vortäuschung eines Autounfalls nur die logische Konsequenz. Sie mußte draußen nochmal genauer nachschauen.

Bevor Nina ging, blickte sie sich noch einmal sorgfältig um, und diesmal fiel ihr etwas anderes auf, das sie merkwürdig fand, auch wenn es für ihre Ermittlungen möglicherweise keine Rolle spielte. Von außen sah es wegen des Steilhangs so aus, als ob das

Haus auf einem Sockel stand, Platz genug für einen Keller, dennoch hatte sie nirgends einen Zugang gefunden, oder gab es gar keinen? Sie schritt über den Wohnzimmerboden und stampfte immer wieder hart auf. Es war auffällig, daß es mal dumpfer und mal heller klang. Nina griff zum Telefon und wählte Monas Nummer.

"Mona? Ich bin hier in Lansings Berghütte... die mußt du gründlich untersuchen... nein, kein Blut, keine Kampfspuren... aber prüft unbedingt nach, ob es einen Keller gibt... gut, wir treffen uns im Präsidium..."

Kaum hatten sich die Metallstangen der Eingangstür wieder in den Halterungen der Türfüllung verhakt, hörte man das hohe Sirren eines Elektromotors, und das Regal neben der Sitzecke fuhr geräuschlos zur Seite. Eine mannshohe Öffnung wurde sichtbar, und dahinter, zwischen der Wohnzimmerwand und der dicken Außenmauer, eine schmale Treppe, die in den Keller führte. Schritte waren zu hören, dann zerrte Melanie Behrens Viktor Lansing ins Wohnzimmer.

"Los, komm, Viktor, du bist hier nicht mehr sicher!"

Lansing, unrasiert und ungehalten, sträubte sich.

"Ich brauche noch ein paar Minuten..."

"Keine Sekunde! Du hast sie doch gehört... ihre Kollegen sind bestimmt schon unterwegs, und die werden den Keller finden!"

Lansing riß sich los und ging Melanie voraus.

"Okay, gehen wir... dann halten wie uns eben an Plan B..."

Verena Oswald duckte sich, lugte hinter dem Felsen hervor, der ihr als Versteck diente und beobachtete, wie Hauptkommissarin Nina Brandner die Tür zur Berghütte verschloß, sich auf dem Parkplatz kurz umsah, in ihr Dienstfahrzeug stieg und im Schrittempo den schmalen Pfad zu den Serpentinen zurück rumpelte. Nach ihrem Treffen mit Melanie Behrens in Lansings Büro hatte Verena unschlüssig in ihrem Auto gesessen und war Melanie spontan gefolgt, als sie sie in einem schnittigen Cabrio unversehens aus der Tiefgarage hatte herausschießen sehen. Sie war nicht weiter überrascht, daß sie den Weg einschlug, in der Lansings Berghütte lag, was sie aus den Medien erfahren hatte, fuhr auf der anderen Seite den Berg hinauf und oben angekommen ein paar Serpentinen wieder hinunter und legte sich auf die Lauer. Sie sah gerade noch, wie Melanie zu Fuß ankam und in der Berghütte verschwand. Kurz darauf parkte Nina Brandner ihr Auto unter dem Carport und betrat ebenfalls die Hütte.

Jetzt, nachdem die Kriminalbeamtin das Chalet allein wieder verlassen hatte, wunderte sich Verena, wo Melanie blieb, sie konnte sich nicht vorstellen, daß sie sich dort mit der Polizistin getroffen hatte, da es doch ein Tatort war. Verena wollte sich schon aufrichten und zu ihrem Auto zurück gehen, als sich die Tür der Berghütte ein weiteres Mal öffnete und Melanie, deutlich an ihrer rotgoldenen Lockenpracht zu erkennen, mit einem Mann heraus kam, den sie nicht erkannte, und rasch in die Richtung ging, wo Verena das Cabrio vermutete. Ein Verdacht stieg in ihr hoch, und auf ihrem Smartphone überprüfte sie rasch das Bankkonto, das sie Melanie gegeben hatte. Die Zweihundertvierzigtausend waren eingegangen. Verena sah wieder zum Chalet hinunter, und ein leises Triumphgefühl erfüllte sie.

Mona war mit ihrer Mannschaft fast durch mit der Untersuchung von Kupkas Apartment. Es war heruntergewohnt und bestand aus zwei Zimmern, die beide randvoll mit elektronischen Geräten vollgestellt waren. Sämtliche Laptops und Festplatten waren in Kisten verpackt, und jetzt sah sie zu, wie sie abtransportiert wurden.

Riemann, der überall im Weg stand, schüttelte den Kopf und deutete darauf.

"Ein Festschmaus für unseren chronisch unterforderten *Scroller*..."

"Ja, jetzt kann er mal zeigen, was er drauf hat..."

"Es ist doch absurd... dieser Typ lebte nur noch im Cyberspace..."

Mona klopfte ihrem Kollegen tröstend auf den Rücken.

"Nicht verzagen, Marco, im wahren Leben braucht es echte Kerle wie dich..."

Mona bog den Kopf nach hinten und lachte ihm ins Gesicht. Einmal mehr fragte sich Riemann, was sich unter ihrer kupferroten Mähne wirklich verbarg.

Um keine Zeit zu verlieren, holte Riemann Nina am Eingang des Präsidiums ab.

"Wo ist Mona?"

"Die ist schon unterwegs zur Berghütte..."

"Habt ihr was gefunden?"

Riemann lachte zufrieden.

"Mach' dich auf etwas gefaßt... *Scroller* frißt sich gerade durch einen Haufen Festplatten... er wird uns quälen..."

"Und sonst?"

"Man hat Kupkas Auto am Hauptbahnhof gefunden..."

Nina schüttelte zweifelnd den Kopf.

"Seltsam... warum kommt mir dieser Fall so verdreht vor? Weder in der Hütte noch draußen auf dem Parkplatz gibt es Kampfspuren... aber vielleicht findet Mona, was wir brauchen..."

"Oder *Scroller*... lassen wir uns überraschen..."

Riemann klopfte kurz an *Scrollers* Büro und ließ

Nina den Vortritt. Mit einem verklärten Lächeln saß ihr Kollege wie festgegossen in seinem Spezialsessel, vor und neben sich, wie zu einem Altar aufgeschichtet, eine Anzahl externer Festplatten, mit denen er verkabelt war. Ohne sich nach ihnen umzudrehen, machte er ihnen Zeichen näher zu kommen.

"Kommt rein, kommt rein... es ist angerichtet..."

Nina und Riemann holten sich Stühle und setzten sich links und rechts hinter *Scroller*.

"Unglaublich, was dieser Lansing da fabriziert hat... ich kann mir nicht vorstellen, daß er alleine war... da braucht es ein Genie wie mich..."

Nina rutschte auf ihrem Stuhl nach vorne und bemühte sich um eine heitere Stimmlage.

"Ich weiß, es klingt vermessen, aber dürfen wir um eine volkstümliche Übersetzung der Fakten bitten...?"

Angesichts der Delikatessen, die auf ihn warteten, war *Scroller* gnädig gestimmt.

"Der Teufelskerl hat virtuelle Firmen <gegründet>, die so realistisch ausgestattet waren wie die echten... sogar einen telefonischen Kundendienst gab es... wenn man dort anrief, bekam man Informationen per E-Mail zugeschickt und scheinbar echte Zertifikate..."

"Und die Investoren standen Schlange..."

"Kein Wunder bei zwanzig Prozent garantiertem Gewinn und hundertprozentiger Rückzahlung der

Einlage... nur daß die Firmen kurz nach der <Grün­dung> pleitegingen..."

"Wie hoch waren die Investitionen?"

"Jeweils mehrere Millionen..."

Riemann versuchte vergeblich, aus den Zahlenreihen und Symbolen schlau zu werden, die im Sekundentakt über den Bildschirm flimmerten.

"Und wie ist dieser Marek Kupka Lansing auf die Schliche gekommen?"

"Keine Ahnung... er hat selber investiert und als Cyber-Detektiv verfügte er offenbar über das Knowhow, der Sache auf den Grund gehen... etwa ein Dutzend Opfer schlossen sich ihm an..."

Nina und Riemann sahen sich an, und bevor Nina die nächste vorsichtige Bitte äußern konnte, betätigte *Scroller* bereits den Drucker.

"Hier, ich drucke euch mal die Details zu der letzten Firma aus, *Seaside Homes Incorporated*, und eine Liste der Geschädigten... das sind aber nur die, die Kupka vertrat..."

Nina und Riemann schnellten von ihren Stühlen hoch und griffen nach den frisch bedruckten Blättern, beide sprachen durcheinander.

"Wow, das ist der Hammer... einfach grandios... du bist echt der Größte..."

Scroller drehte sich angewidert nach ihnen um.

"Das eigentlich Interessante wollt ihr gar nicht

wissen?"

"Wie...?... Was meinst du?"

"Wo steht der Server? Der ist codiert ohne Ende... wenn ich den nicht finde, wird kein Gericht der Welt diesen Schlamassel eindeutig Lansing zuordnen können..."

Nina lächelte und beugte sich zu *Scroller* hinunter.

"Ich weiß, wo er ist... Mona ist gerade auf dem Weg dorthin..."

Scroller sah unsicher von Riemann zu Nina.

"Willst du mich verarschen? Das findet nicht mal der BND heraus..."

"Aber ich... ich hab's in den Genen..."

Nina richtete sich wieder auf.

"Ist nur eine Vermutung... in Lansings Berghütte habe ich keinen Keller gefunden, doch unter dem Wohnzimmerboden befindet sich ein Hohlraum... Mona checkt das gerade..."

Wortlos starrte *Scroller* Nina an, dann widmete er sich wieder seinen Geräten.

"Bis die dort ist, habe ich die Adresse..."

Wütend hackte *Scroller* auf seinen Tasten herum, Riemann und Nina schlichen leise hinaus.

In ihrem Büro gingen sie die Liste der Opfer durch, die auf Kupkas Liste standen. Sie gehörten zum <Who is Who> der Stadt, aber es gab auch Geschädigte aus anderen Landesteilen. Zu ihrer Überraschung fanden sie auch die Schraubenfabrik OSWALD unter den Investoren, und das brachte Nina auf die grundsätzliche Frage, wie sie ihre Ermittlungen fortführen sollten.

"Was machen wir jetzt mit dem *Domina*-Fall? Mir gefällt die Vorstellung nicht, daß wir gezwungen sind, gesondert vorzugehen...."

"Na ja, wir müssen uns eben jeden Abend zusammensetzen und alles besprechen... im Dialog sind wir fast immer weitergekommen..."

"Dann also zuerst zur *Domina*..."

"Die Frage ist, wie Geering auf sein Opfer kam... er hat wohl kaum jemanden gekannt, der so veranlagt war..."

"Als er sich mit Bubek traf und erfuhr, daß er für den *Club Mirabell* arbeitete, kam ihm möglicherweise die Idee, im Studio der *Domina* eine Kamera zu installieren, um einen ihrer Kunden zu erpressen..."

"Möglicherweise machte die *Domina* sogar mit..."

"Das werden wir nie erfahren, aber es spielt keine Rolle, denn so oder so, sie wußte zuviel.."

"Und wie kam er auf das Opfer?"

"Bei der Bilderflut in allen Medien heutzutage hatte er wahrscheinlich einen Promi erkannt..."

"...und dieser Promi beauftragte einen Killer, der alle Spuren beseitigte..,."

"...womit wir wieder in unserer Sackgasse gelandet wären..."

Nina lehnte sich seufzend zurück.

"Wir haben vier Mordopfer an vier unterschiedlichen Tatorten... der erste Mord geschah in einem Park, in aller Öffentlichkeit... vielleicht gelingt es uns doch noch, einen Augenzeugen zu finden..."

Riemann zuckte mit den Schultern.

"Warum nicht? Laß' uns gleich ein paar von unseren jungen Fahndern zum Park schicken, dort gibt es bestimmt Bushaltestellen..."

Riemann schaute auf die Uhr.

"Vor fünf Tagen, etwa in einer Stunde, geschah der erste Mord..."

"Einverstanden... und jetzt zu Lansing..."

"Ein Fall für Interpol..."

Nina schüttelte heftig den Kopf.

"Ich kann einfach nicht glauben, daß Kupka so dumm war, Lansing umzubringen... er hatte doch alle Trümpfe in der Hand..."

"Du meinst, es war umgekehrt?"

"Lansing räumt seinen ärgsten Feind aus dem Weg, indem er seine eigene Ermordung vortäuscht... und verschwindet mit falscher Identität und einem

Haufen Geld für immer..."

"Eine DNA-Probe schafft Klarheit..."

"Das bespreche ich mit Mona, sobald sie zurück ist.."

Es dämmerte bereits, als Nina in ihrem eigenen Wagen in die Autowerkstatt fuhr, in der ihr Bruder als Lehrling im letzten Ausbildungsjahr arbeitete. Sie befand sich in einer riesigen Fabrikhalle, einer früheren Eisengießerei.

Roland war über die offene Motorhaube eines Oldtimers gebeugt und erkannte seine Schwester sofort. Achtlos ließ er die Motorhaube zuknallen und kam lässig, mit einem Putzlappen in der Hand, an das offene Fenster ihrer Fahrertür. Was für ein Unterschied zu seinem Auftreten vor einem Jahr! Da war er noch in Gefahr gewesen, in die Kleinkriminalität abzurutschen, und hatte gerade noch die Kurve gekriegt. Jetzt sproß ihm ein schüchterner Dreitagebart, und seine Augen zeigten jetzt diesen kühl abschätzenden, männlichen Blick.

Roland grinste und stützte sich mit den Ellbogen auf dem Fensterrahmen ab.

"Na, Schwester, was liegt an? Kleine Ausweiskontrolle?"

"Mach' ruhig Witze, du Esel... mein Abblendlicht schaltet sich am Tag nicht mehr aus... ist wohl so 'ne Computersache..."

Roland grinste noch immer, er genoß es, daß ihn seine Schwester um Hilfe bat.

"Wenn's weiter nichts ist..."

Er wandte sich ab, holte ein Prüfgerät und verband es mit dem Bordcomputer. In aller Ruhe klickte er sich durch mehrere Funktionen hindurch, nicht ohne hin und wieder einen Blick auf Nina zu werfen.

"Ich warte auf deine Fragen..."

Nina, der es ausnehmend gut gefiel, daß ihr Bruder sich um sie kümmerte, und keinerlei Hintergedanken hatte, fuhr unvermittelt hoch.

"Was soll das? Warum so mißtrauisch? Was sollte ich denn fragen?"

"Na ja, wie's mir geht, ob ich diesmal durchhalte, was Mara so macht..."

Nina rutschte in ihrem Sitz hoch, streckte den Kopf aus dem Fenster und faßte Roland am Arm.

"Hör mal, Roland, ich weiß nicht, ob ich es dir schon mal gesagt habe... aber ich bin stolz auf dich... du scheinst wie ausgewechselt... du wirkst gefestigt und bist ein richtig toller Typ..."

Ungläubig starrte Roland seine Schwester an.

"Ehrlich?"

"Ich schwöre es..."

Dann grinste auch sie.

"Aber trotzdem würde mich interessieren, was

Mara eigentlich macht... sie scheint ein sehr nettes Mädchen zu sein..."

Verlegen und stolz zugleich druckste Roland herum.

"Na ja, sie studiert Webdesign... aber sie ist kein bißchen eingebildet..."

"Warum sollte sie? Du bist doch schließlich mein Bruder... außerdem, wenn du mal 'ne eigene Garage hast, kann sie dir die Website einrichten..."

Ein scheues Lächeln umspielte Rolands Mund.

"Vielleicht gehe ich auch zu einer Firma, die neue Motoren entwickelt..."

"Warum nicht? Dir traue ich alles zu..."

Roland entfernte das Kabel vom Bordcomputer und klappte das Prüfgerät zu.

"So, das dürfte wieder funktionieren..."

Nina faßte ihn noch einmal am Arm.

"Gregor und ich wollen Mutter mal zum Essen einladen... ich hoffe du kommst auch und bringst Mara mit..."

Wieder ein ungläubiger Blick und wieder das scheue Lächeln.

"Ich wollte mir sowieso einen neuen Anzug kaufen..."

Die Geschwister sahen sich an, dann zog Nina ihre Hand zurück und startete den Motor.

"Wehe, das Abblendlicht brennt morgen noch..."

Roland lachte, schlug mit der Hand leicht aufs Autodach, und Nina brauste davon.

Es war schon dunkel, als sich Lisbeth mit Anton der Bushaltestelle am Park näherte, und mit Unbehagen bemerkte sie die Unruhe, die dort unter den Wartenden herrschte. Zwei junge Leute in Zivil gaben Anweisungen, es gab eine größere Gruppe, die sich zum Wartehäuschen zurückgezogen hatte, und ein paar Einzelpersonen, mit denen sich die jungen Leute, eine Frau und ein Mann, intensiv unterhielten.

Lisbeth versuchte, sich unbemerkt an den beiden vorbei zu schleichen und sich mit Anton den Wartenden an der Haltestelle anzuschließen, doch die junge Frau entdeckte sie und stellte sich ihr mit einem freundlichen Lächeln in den Weg.

"Tut mir leid, wenn wir Sie belästigen, aber wir suchen Zeugen für den Mord, der vor fünf Tagen hier im Park etwa um diese Zeit begangen wurde..."

Die junge Frau zeigte ihren Ausweis, den Lisbeth nur flüchtig zur Kenntnis nahm, und fuhr fort.

"Nehmen Sie jeden Tag diesen Bus, haben Sie vor fünf Tagen auch hier gewartet?"

Nervös sah Lisbeth die junge Fahnderin an und suchte fieberhaft nach einer Antwort. Sie war durchaus bereit zu helfen, doch gleichzeitig brachte sie das in eine schwierige Situation, denn normalerweise durfte sie gar nicht hier sein. Wie sollte sie das ihrem Mann erklären? Bevor sie sich zu einer Entscheidung durchrang, kam ihr Anton zuvor.

"Am Montag waren wir auch hier, ich mußte dringend pinkeln, und meine Mama hat mit mir geschimpft..."

Lisbeth lächelte verlegen und legte eine Hand auf Antons Kopf.

"Ja, das stimmt, wir hätten beinahe den Bus verpaßt..."

Die junge Fahnderin war hellhörig geworden, versuchte aber locker zu bleiben.

"Ja, das kommt vor... bist du dann schnell in den Park gerannt?"

"Ja, gleich da vorne... bei diesen Büschen dort..."

"Und ist dir etwas aufgefallen?"

Anton sah seine Mutter an und verstummte. Lisbeth fiel ein, wie verstört er danach gewesen war, doch sie hatte es damit erklärt, daß sie so heftig reagiert hatte. Die Fahnderin spürte, daß hier etwas vor sich ging, was möglicherweise entscheidend war, und wollte verhindern, daß der Junge zu sehr eingeschüchtert wurde. Sie wandte sich an Lisbeth.

"Hören Sie, es ist vielleicht besser, wenn Sie direkt mit den Kollegen reden, die diesen Fall bearbeiten... wir können Sie zu Hause aufsuchen, oder Sie kommen ins Präsidium... ganz wie Sie wünschen..."

Der Bus bog in die Straße ein und näherte sich der Haltestelle, die junge Fahnderin sprach hastig weiter.

"Bitte geben Sie mir Namen, Adresse und Telefon... hier meine Karte... Sie müssen uns unbedingt kontaktieren..."

Lisbeth kritzelte alles auf einen Zettel und überreichte ihn der jungen Frau.

"Wir melden uns... aber bitte... keine Öffentlichkeit..."

"Machen Sie sich keine Sorgen... wir geben keine Informationen an die Medien..."

Der Bus hielt, und Lisbeth stieg mit Anton ein.

"Was meinst du, vielleicht werden wir noch berühmt..."

Anton nickte und setzte sich mit ernster Miene neben seine Mutter.

"Wie ist das, muß man immer die Wahrheit sagen?"

"Das sollte man, sonst fehlt irgendwann das Vertrauen..."

"Auch wenn es gefährlich ist?"

Aufmerksam sah Lisbeth ihrem Sohn in die Augen.

"Das kommt darauf an... willst du mir nicht sagen, worum es geht?"

Anton schwieg, dann griff er unvermittelt nach

der Hand seiner Mutter.

Der Bus fuhr an, die junge Fahnderin hatte längst ein neues Opfer gefunden, jemanden, der den letzten Bus offensichtlich verpaßt hatte.

Der *Club Fantastic* befand sich in einer anderen Industriezone als das *Maribell*, unterschied sich in der Ausstattung jedoch kaum von jenem. Rote Läufer, rot gestrichene Wände und überall gedämpftes rotes Licht.

Rasch stieg Armin Oswald zum Studio der *Domina* hinauf, die hier arbeitete. Seine Bewegungen waren fahrig, man merkte ihm an, daß er schwer unter Druck stand und ihm überdeutlich bewußt war, daß er hier nicht sein sollte. Er klingelte an der Tür, die sich weit öffnete, dann wurde eine vollbusige Frau in schwarzem Latex sichtbar, die ihn verächtlich musterte.

"Sieh' an, bist wohl neu hier... hast du einen Termin?"

Oswald sah an ihr vorbei und schüttelte den Kopf.

"Da hast du aber Glück... hab' gerade 'ne Stunde Zeit..."

Unschlüssig blieb Oswald im Türrahmen stehen.

"Na, was ist? Spielst du jetzt den Spröden? Los, rein mit dir..."

Sie schob Oswald ins Zimmer und schloß hinter

ihm die Tür. Von einem Regal nahm sie ein Lederpeitsche, stieß sie Oswald gegen die Brust und dirigierte ihn rückwärts zu einer Streckbank, wo er stolpernd Platz nahm.

"So, dann wollen wir doch mal sehen, wo dem feinen Herrn der Schuh drückt... aber erst rückst du ein paar Scheine rüber..."

Lisbeth hatte sich die ganze Zeit unruhig im Bett hin und her gewälzt, und als sie schließlich einschlief, träumte sie, wie sie sich aus den Armen von Patrick löste, sein Gesicht schwebte über ihr, wurde immer größer und verblaßte allmählich, dann fand sie sich übergangslos auf der Straße wieder. Sie war barfuß, trug nur sein Hemd und wunderte sich, daß niemand sie anstarrte. Der Himmel verfärbte sich gelb und dann violett, und plötzlich begann es wie aus Kübeln zu gießen. Sie zog die Schultern hoch, faßte sich mit beiden Händen überkreuz an den Armen und suchte verzweifelt das Haus ihrer Schwester, wo sie ihren Sohn Anton gelassen hatte. Sie spähte nach den Hausnummern und fing an zu verzweifeln, als sie an jedem Haus die Nummer 17 las. Sie war völlig durchnäßt, als sie Anton in einem der Vorgärten auf einer Schaukel sitzen sah. Sie zog ihn eng sich und hastete mit ihm zur Bushaltestelle, doch das Wasser stieg immer höher, und als es Anton schon bis zu den Schultern ging, näherte sich ein Boot, in dem bereits viele Menschen teilnahmslos kauerten. Lisbeth griff nach der schmalen Metalleiter, die seitlich fest montiert war, zog sich und Anton mit letzter Kraft an Bord und stieß eine Schrei der Erleichterung aus.

Schweißnaß schreckte Lisbeth vom Bett hoch, sie wußte nicht, wo sie war. In die undurchdringliche Finsternis ragte etwas noch Dunkleres empor, es war die Silhouette ihres Mannes Karl, der sich aufgerichtet hatte und nun gesichtslos auf sie nieder starrte. Lisbeth fing sich allmählich und lehnte sich gegen die Wand.

"Mein Gott, Karl... als ob mir mein Albtraum nicht reichte..."

"Du schläfst schon seit Wochen so unruhig... als ob dich etwas sehr quälte..."

"Was sollte mich denn quälen... die Sommerhitze macht mir immer zu schaffen..."

"Du gehst mir aus dem Weg... auch Anton spricht kaum noch mit mir..."

"Karl, bitte, muß das jetzt sein?"

"Ich möchte dich nur warnen... ich gebe dich niemals frei, und was auch geschehen mag... Anton bleibt bei mir..."

Karl sank langsam auf das Bett zurück und rührte sich nicht mehr, er schien auch nicht zu atmen. Lisbeth schlang die Decke um die Schultern und versuchte das Zittern zu unterdrücken, das sie schüttelte wie ein Fieber. Sie fühlte sich immer mehr in die Enge getrieben und wußte nicht, wie sie Karl erklären sollte, daß sie zusammen mit Anton bei der Polizei eine Aussage machen mußte, weil sie am Ausgang des Parks, in dem vor fünf Tagen ein Mord geschehen war, in den letzten Bus gestiegen waren. Den Geschichten zufolge, die sie Karl erzählte, war sie nie in dieser Ecke der Stadt.

Armin Oswald saß im Lehnstuhl vor dem Kamin und starrte in das Feuer, das zu rotglühender Asche geworden war. Es war spät in der Nacht, aber die Morgendämmerung noch fern. Durch die offene Terrassentür drang kühle, feuchte Luft herein.

Ein Geräusch ließ ihn hochschrecken, es war das Auto seiner Frau, das in die Einfahrt einbog und dort stehen blieb. Die Haustür ging auf und fiel wieder ins Schloß, dann setzte sich Verena in den Sessel neben ihm. Sie riß sich die Baseballkappe vom Kopf und warf sie ins Feuer, Flammen züngelten an ihr empor, bis auch sie nur noch Asche war. Verena schüttelte ihre Haare, sie sah abgespannt und enttäuscht aus.

"Hör zu, Armin, ich kann nicht länger hinter dir aufräumen, bloß weil du dich nicht beherrschen kannst... das muß ein Ende haben..."

Oswald, der reglos in seinem Fauteuil kauerte, rührte sich nicht.

"Vielleicht ist es an der Zeit, daß ich gehe..."

"Sei still... ich habe eine Idee, wie wir dein Problem lösen... möglicherweise gefällt sie dir sogar..."

Oswald drehte den Kopf zu seiner Frau und sah sie fragend an. Sein Blick war müde und voller Skepsis, eine unendliche Traurigkeit lag darin.

5

Trotz seiner großspurigen Ankündigung war es *Scroller* nicht gelungen, Lansings Server zu orten, jetzt saß er frühmorgens zusammen mit zwei Mitarbeitern der Spurensicherung hinten in deren Van und kroch Serpentine um Serpentine zu Lansings Hütte hoch.

Mona hatte gestern mit ihren Geräten zwar einwandfrei feststellen können, daß sich im Keller von Lansings Chalet ein elektrisches Kraftfeld befand, doch es war ihr nicht gelungen, den Eingang zu finden, das sollte *Scroller* jetzt erledigen.

Mißmutig blickte er aus dem Fenster, er war es nicht gewohnt, sich im Freien zu bewegen, und sei es auch im Schutz eines Autos, er fühlte sich von der Natur draußen bedroht - das helle Licht der Sonne, der kühle Wind, der hier oben wehte, das satte Grün der Wiesen und Bäume, die schroffen Felsen, der steile Abgrund; er sehnte sich nach der geruchlosen Sicherheit seiner Bits und Bytes.

Der schmale Pfad, der zur Berghütte führte, kam in Sicht, der Fahrer bog ab, und *Scroller* wurde brutal durchgeschüttelt, so kam es ihm jedenfalls vor. Der Van hielt vor dem Eingang, und alle stiegen aus. Die Spurensicherer nahmen *Scroller* dessen schweren Koffer ab.

"Wir sind mit unserem Latein am Ende, jetzt bist du dran..."

Sie öffneten die Tür und sahen *Scroller* nicht ohne eine gewisse Belustigung zu, wie er seine Körpermasse schwerfällig über die Schwelle wuchtete und sich hilfesuchend nach einer Sitzgelegenheit umsah. Er entdeckte die Sitzecke, steuerte darauf zu und bedeutete den Spurensuchern mit einer Geste, sie sollten den Koffer vor ihm auf dem Tisch absetzen. Er öffnete den Koffer, und mit einem leisen Summen schalteten sich die Geräte ein. Mit herablassender Miene sah er sich nach seinen Kollegen um.

"Ein Stromanschluß wäre hilfreich, und eine *Cola Light*..."

Die Spurensicherer sahen sich an, setzten sich in Bewegung und versuchten nicht laut loszuprusten.

Lisbeth hatte sich dazu entschlossen, ihrem Mann nichts davon zu erzählen, daß sie mit Anton aufs Polizeipräsidium ging. Nur dem Kindergarten mußte sie eine Lüge auftischen, warum sie ihn dort später ablieferte. Anton hatte ihr alles erzählt, und sie hatte nicht an seiner Glaubwürdigkeit gezweifelt, nur kam ihr alles völlig irreal vor.

Nina und Riemann empfingen die beiden wie alte Freunde, sie versuchten alles, damit Anton sich nicht bedroht fühlte. Man schickte nach Kakao und Plätzchen, bevor sie ihm auch nur eine Frage gestellt hatten. Beide registrierten, daß der Junge nur Nina anstarrte, und ohne sich abzusprechen, war klar, daß Nina die Befragung beginnen würde.

"Anton, wir sind sehr froh, daß du mit uns reden willst... weißt du, da gibt es einen Mann, der anderen Menschen etwas sehr Böses antut..."

Anton hing voll konzentriert an Ninas Lippen, sagte aber nichts.

"Am Montag warst du doch mit deiner Mama an der Bushaltestelle an diesem Park..."

Anton belebte sich plötzlich.

"Ja, wir waren sehr spät, und ich mußte ganz dringend pinkeln..."

"Ja, genau... und was ist dann passiert?"

"Ich rannte zu einem Busch in dem Park..."

Nina schob den Kakao näher zu Anton hin.

"Und ist dir dabei etwas aufgefallen?"

Anton stockte und sah zu seiner Mutter. Lisbeth nickte ihm kaum merklich zu.

"Ich habe dreimal ein Geräusch gehört..."

"Ein Geräusch?"

"Es war wie... ein Nachbar hat mal mit einem Luftgewehr auf Kaninchen geschossen... es klang genauso..."

"So wie ein... <plopp>?"

"Ja..."

"Und dann bist zur Bushaltestelle zurückgelaufen..."

Anton sah wieder zu seiner Mutter, doch jetzt brauchte er ihre Unterstützung nicht, er war mitten in seiner Erinnerung.

"Nein... ich wollte sehen, was da war... ich bin hinter den nächsten Busch und sah einen Mann am Boden liegen..."

Nina wagte kaum zu atmen .

"Du warst sehr mutig..."

Anton beachtete Nina nicht.

"Eine Gestalt kauerte neben ihm am Boden und nahm etwas aus der Jackentasche..."

Nina versuchte, ihre Erregung zu verbergen.

"Und hast du das Gesicht des Mannes gesehen?"

Anton sah Nina aus großen Augen an.

"Es war kein Mann, es war eine Frau..."

Nina, Riemann und Lisbeth tauschten Blicke, ohne daß Anton das bemerkte. Nina beugte sich zu Anton hinunter.

"Eine Frau? Bist du ganz sicher?"

Anton nickte bestimmt.

"Könntest du sie beschreiben?"

"Sie hatte schwarze Haare, und ihre Augen waren sehr böse..."

"Es war schon dunkel... würdest du sie wiedererkennen?"

"Ich glaube schon..."

Nina und Riemann sahen sich fragend an, dann legte Nina ihre Hand sanft auf Antons Wange.

"Vielen Dank, du warst uns eine große Hilfe..."

Nina wandte sich an Lisbeth und faßte sie am Arm.

"Sie dürfen jetzt gehen, aber bitte... wir werden Sie sicher noch brauchen..."

Alle standen auf, gleichzeitig wurde nach kurzem Klopfen die Tür aufgerissen, und ein Bote überreichte Riemann und Nina je eine Nachricht. Riemann überflog rasch die Zeilen. <Club Fantastic. Domina erschossen>. Die Nachricht für Nina lautete <Der Tote im Porsche ist Marek Kupka>. Die beiden tauschten ihre Zettel aus, und Nina wandte sich an der Tür nochmal an Lisbeth und Anton.

"Unsere Kollegen kümmern sich um Sie... wir müssen leider los..."

Während die beiden Spurensucher in ein Schachspiel vertieft waren, betätigte *Scroller* fieberhaft seine Geräte. Eine erneute Suche nach einem Zugang zum Keller war ergebnislos geblieben, jetzt war er die einzige Hoffnung auf einen Erfolg. Er war überzeugt, daß der Zugang elektronisch gesichert war, also mußte er die Frequenzen der Steuerung identifizieren. Er spielte alle möglichen Varianten durch und wollte schon aufgeben, als plötzlich mit einem leisen

Sirren ein Elektromotor ansprang und das Regal hinter ihm zur Seite schob.

Die Spurensucher sprangen auf und starrten auf die schmale Treppe, die dahinter sichtbar wurde. Mühsam erhob sich auch *Scroller* und starrte verzweifelt auf das schmale Loch im Boden. Wie in aller Welt sollte er da hinunter kommen? Er quetschte sich um das Sofa herum und preßte sich mit Todesverachtung seitwärts durch die schmale Öffnung. Jeden Augenblick drohte er steckenzubleiben, doch irgendwie schaffte er es doch. Die Spurensucher folgten ihm, diesmal ohne jede Häme.

Als *Scroller* unten ankam, sich langsam um sich selber drehte und begierig alles in sich aufnahm, was er hier sah, fühlte er sich wie in einem elektronischen *Fort Knox*, und eine Ehrfurcht ergriff ihn, wie sie nur Menschen empfanden, die gerade Zeugen eines Wunders wurden.

Im Studio der *Domina* des *Club Fantastic* traf Nina nur noch Mona an, ihr Team wartete darauf, die Leiche mitnehmen zu können. Es war alles so, wie sie es vorgefunden hatten, die *Domina* lag noch genauso verkrümmt am Boden wie sie der Mörder zurückgelassen hatte, auch ihre Gesichtsmaske hatte sie noch auf. Doch im Gegensatz zu den anderen Opfern hatte sie nur zwei Schüsse in der Brust.

Seufzend richtete sich Nina aus der Hocke auf und sah Mona kopfschüttelnd an.

"Müssen wir jetzt alles neu durchdenken? Oder hat dieser Mord gar nichts mit unserem Erpresserfall zu tun?"

"Ob es dieselbe Tatwaffe ist, wird die Ballistik zeigen..."

"Falls ja... was steckt dahinter? Alle Beteiligten an der Erpressung sind tot..."

Nina nickte zur toten *Domina* hinunter.

"Was also hat sie damit zu tun? Hätte es eine zweite versteckte Kamera gegeben, was überhaupt keinen Sinn macht, hätte man sie bestimmt schon längst ermordet..."

"Hast du nicht gesagt, daß der Junge am ersten Tatort eine Frau gesehen hat?"

"Das ist es ja... und er hatte überhaupt keine Zweifel..."

Nina ging ein paar Schritte durch den Raum und ließ die Umgebung auf sich wirken.

"Warte mal... was ist, wenn der Mann, der erpreßt wurde, keinen Killer beauftragte? Wenn es seine Frau war, seine Geliebte, seine Tochter, die <saubermachte>?"

"Reichlich aus der Luft gegriffen... und was hat das mit diesem Mord zu tun?"

"Den Ausgangspunkt der Erpressung... der Mann leidet an extremem Masochismus, er wird damit erpreßt... die Erpresser werden umgebracht, doch seine krankhafte Sucht bleibt bestehen... er sucht wieder eine *Domina* auf..."

"...und die Frau greift ein, damit ihr Mann nicht wieder das Opfer einer Erpressung wird..."

Beinahe flehend sah Nina Mona an.

"Das wäre doch eine Erklärung..."

Mona lächelte und legte Nina tröstend einen Arm um deren Schulter.

"Wie ich schon sagte... im Kombinieren eine Eins... jetzt fehlen nur noch die Beweise..."

Marco Riemann fühlte sich etwas unbehaglich, als ihn Marion Lansing mit einem freundlichen Lächeln in den Bungalow eintreten ließ. Daß die schrecklich verbrannte Leiche im Porsche nicht ihr Mann war, bedeutete sicher eine willkommene Nachricht für sie, es sei denn, sie war selbst in diese Scharade verwickelt und wußte es ohnehin schon. Daß er jetzt als Kupkas mutmaßlicher Mörder gesucht wurde, dürfte ihr dagegen weniger gefallen. Marion ging ihm ins Wohnzimmer voraus und wies auf die Sitzecke.

"Bitte nehmen Sie doch Platz..."

Riemann setzte sich reflexartig mit dem Rücken zum Fenster, damit das einfallende Licht auf Marion fiel, die ihm gegenüber Platz nahm.

"Kann ich Ihnen etwas anbieten?"

"Nein danke, das ist sehr nett..."

Er mußte an den ersten Besuch denken, als Melanie Behrens und sie wie sublime Wesen aus einem Puppenhaus auf die Fragen der Kriminalbeamten geantwortet hatten und dabei den Eindruck erweckten, sie lebten in einer wunderschönen, heilen Welt, zu der das Böse keinen Zutritt hatte und der Tod seinen Schrecken verlor. Als Frau hatte sich seine Kollegin Nina zwar nicht annähernd so stark beeindrucken lassen, doch die Undurchdringlichkeit dieses Reiche-Leute-Gehabes hatte sie ebenso stark empfunden.

Riemann hatte sich auf dieses Gespräch gefreut, doch jetzt, da er dieser attraktiven, selbstsicheren Frau allein gegenüber saß, kam er sich vor wie ein Schulbub beim ersten Rendez-vous. Er wußte nicht, wie er es anstellen sollte, sie zu Aussagen zu verleiten, die sie eigentlich gar nicht machen wollte, er fürchtete, daß er es sein würde, der ihr unwissentlich Dinge erzählte, die sie nicht erfahren durfte. Riemann versuchte sich zusammenzureißen.

"Frau Lansing, ich bringe Ihnen eine gute Nachricht... die Leiche, die wir im Porsche gefunden haben, ist nicht Ihr Mann... es ist Marek Kupka..."

Riemann war darauf gefaßt, daß ihm Marion wie beim ersten Mal perfektes Theater vorspielen würde, mit großem Erstaunen, Mund aufreißen und ersticktem Weinen, doch nichts Derartiges kam. Ihre Augen wurden zwar groß, und ihr Erstaunen war echt, doch auf eine Weise, auf die er nicht vorbereitet war. Sie beugte sich vor und keuchte beinahe.

"Viktor... lebt?"

"Das... nehmen wir an..."

"Aber dann... ist er ein Mörder..."

"Kupka wurde erstochen, bevor er im Auto verbrannte, das stimmt... aber was sich davor in der
Berghütte abspielte, wissen wir nicht..."

Marions hübsches Gesicht wirkte plötzlich wie
versteinert, sie rang die Hände ineinander.

"Deshalb ist Melanie nicht zu erreichen..."

"Was meinen Sie damit?"

Marion starrte Riemann mit weitoffenen Augen
an, eine große Wut verdunkelte ihren Blick.

"Mein Mann hat das geplant, und diese Schlange
steckt mit ihm unter einer Decke... ausgerechnet
sie... und alles hinter meinem Rücken..."

Riemann, der sich bei der Herfahrt fieberhaft
überlegt hatte, wie er Marion knacken könnte, sah
sich unversehens in die Rolle des Trösters versetzt.

"Frau Lansing, das sind alles nur Vermutungen,
wir sind dabei, das zu klären..."

Marion war unvermittelt in heftiges Schluchzen
ausgebrochen, das sie hart durchschüttelte, doch es
dauerte nicht lange. Sie sah auf und scheute sich
nicht, ihm ihr verquollenes, tränennasses Gesicht zu
zeigen.

"Sie kennen meinen Mann nicht... Viktor ist zu allem fähig..."

Marion griff nach einem Häkeltuch, das als Dekoration auf dem Glastisch lag, und wischte sich damit über das Gesicht.

"Bitte sagen Sie mir alles, was Sie wissen..."

"Sie wollen mit uns kooperieren?"

"Mein Mann hat mich grausam hintergangen... ich muß meine Kinder schützen..."

Riemann war fast erleichtert, als sich sein Smartphone meldete.

"Bitte entschuldigen Sie mich..."

Er drückte auf die Nachricht, die von Nina kam.

<Scroller sitzt an Lansings Server. Große Neuigkeiten! Bitte melden!>

Riemann stand zögernd auf.

"Es gibt Neuigkeiten, ich muß leider los..."

Er ging um den Tisch herum und legte Marion sachte eine Hand auf die Schulter.

"Kann ich Sie allein lassen? Haben Sie jemanden, der Ihnen hilft?"

Marion sah auf und lächelte schon wieder. Zu seiner Überraschung konnte er sehen, daß sie eine starke Frau war.

"Ich habe eine Schwester... keine Bange, ich komme schon klar..."

Nachdem sich *Scroller* im Keller gründlich umgesehen und all die elektronischen Geräte bestaunt hatte, nahm er auf dem Sessel des Zentralcomputers Platz, wie ein Feldherr, der seinen Feind besiegt hat und nun dessen Thron besteigt. Die Anlage war derart komplex und mit so viel Power ausgestattet, daß selbst er sich erst zurechtfinden mußte. Allmählich wurde er warm mit dem System, doch dann fiel ihm plötzlich ein, daß er ja einen lästigen Auftrag hatte. Mit ein paar Klicks drang er in den Ordner *Seaside Homes Incorporated* ein und suchte nach den Investoren. Auf der langen Liste war in der Mitte, mit einem + versehen, fein säuberlich die Höhe der Beteiligung eingetragen, nur bei einem einzigen Geldgeber stand daneben, mit einem – gekennzeichnet, ein Auszahlungsbetrag: Schraubenfabrik *OSWALD*, eingegangen 200.000, Rücküberweisung 240.000. Und das Bemerkenswerte daran: Die Rücküberweisung war auf gestern datiert. Aus irgendwelchen Gründen schienen die Oswalds einen direkten Draht zu Lansing zu haben. Er schickte Nina Brandner eine Mail mit dem Nachsatz, daß er erst am Anfang sei und noch Zeit brauche, Lansing oder Melanie Behrens zu orten. In Wahrheit überwältigte ihn immer stärker die ausgeklügelte Zusammensetzung dieses Hightech-Rechners, er fühlte sich wie ein Organist, der bisher gezwungen war, zu Hause auf einem primitiven Keyboard zu spielen und plötzlich im Petersdom an der Orgel saß, und er wünschte sich nichts sehnlicher, als das Genie zu treffen, das in der Lage war, solche Wunderdinge zu erschaffen. Er war sicher, daß es das erste Mal in seinem Leben sein würde, daß er sich auf einem ihm angemessenen Niveau unterhielt.

Mit seinem korrekten Anzug und seinem starren Wesen fiel Karl Dorfner schon ein wenig auf, wie er so ganz allein in dem Café saß, das zu einer Vorstadtkonditorei gehörte, als einziger ohne einen Teller mit einer der berühmten Köstlichkeiten vor sich. Um ihn herum lauter Frauen aus der Nachbarschaft im angeregten Gespräch, oder Mütter, die dem Betteln ihrer Kinder nach Süßigkeiten nicht länger hatten widerstehen können.

Von allen unbeachtet, erschien Patrick Steiner in der Konditorei, er war von oben aus der Wohnung direkt darüber gekommen. Gut gelaunt wandte er sich an seine Mitarbeiterinnen, hörte sich Neuigkeiten an, gab leise Anweisungen und fügte sich ohne Umstände in die Geschäftigkeit seines Teams.

Einzig Karl Dorfner hatte das Erscheinen Steiners mit großer Aufmerksamkeit registriert und schien einen Augenblick zu zögern, doch dann legte er einen Geldschein neben seine Kaffeetasse, stand auf und ging mit steifen Schritten in die Konditorei hinüber. Unterwegs faßte er in seine Anzugtasche, und als er die Hand wieder heraus zog, war sie um den Griff eines Revolvers gespannt. Ungeschickt versuchte er Platz zu schaffen zwischen sich und Steiner und geriet in die Nähe der Eingangstür. Er hob den Revolver und zielte in Richtung Steiner, doch plötzlich wurde die Tür von einem neuen Gast aufgestoßen und traf

Dorfner in den Rücken. Ein Schuß löste sich und traf Steiner in die linke Schulter, er fiel rückwärts gegen eine Kommode und rutschte an ihr entlang auf den Boden. Dorfner drückte reflexartig noch zweimal ab, doch die Kugeln zersplitterten nur den Spiegel in einem der Regale.

Erst jetzt wurde den Gästen bewußt, was hier vor sich ging, einige schrien und warfen sich zu Boden, andere versuchten an Dorfner vorbei nach draußen zu entkommen. Dorfner selbst war offensichtlich verwirrt, er hielt kurz inne, blickte nach der Tür, die ins Treppenhaus und nach oben in die Wohnung führte, dann schlug er wild um sich, drohte ziellos mit dem Revolver, rannte zu seinem Auto und raste davon.

Einige Beherzte verständigten die Polizei, ein Gast war sogar auf die Straße geeilt, um sich das Kennzeichen aufzuschreiben, eine der Mitarbeiterinnen kümmerte sich um Steiner, der stark blutete, aber nicht schwer verletzt zu sein schien.

In dem ganzen Wirrwarr öffnete sich die Tür zum Treppenhaus ein zweites Mal, und Lisbeth Dorfner stürzte herein. Sie rannte hinter die Ladentheke und ließ sich neben Patrick Steiner auf die Knie fallen.

"Patrick, um Himmels willen, was ist passiert?"

Die Angestellte, eine ältere, ruhige Frau, drückte ein sauberes Geschirrtuch auf die Wunde, es schien ein glatter Durchschuß zu sein.

"Ein Mann hat auf ihn geschossen..."

Lisbeth legte Steiner beschwörend eine Hand auf die Stirn.

"Patrick, ist das wahr?"

Steiner versuchte zu grinsen, was ihm nur halb gelang.

"*Dein* Mann hat auf mich geschossen... etwas Besseres konnte er gar nicht tun..."

Lisbeth erhob sich halb und schrie ins Café.

"Ruft jemand bitte einen Krankenwagen?"

Die Angestellte faßte mit ihrer freien Hand nach Lisbeths Arm.

"Bitte, beruhigen Sie sich... ich bin ausgebildete Krankenschwester... die sind schon unterwegs..."

Nina Brandner und Marco Riemann hatten verabredet, sich beim Polizeipräsidium zu treffen, um dann gemeinsam die Oswalds zu befragen. Beide waren von dem schrecklichen Zwischenfall in der Konditorei informiert worden, und Nina verstand jetzt besser, warum Lisbeth so dringend auf Verschwiegenheit beharrt hatte, sie wollte sich und ihren Sohn Anton davor schützen, daß ihr Verhältnis mit Patrick Steiner öffentlich wurde und ihr Mann davon erfuhr. Doch offensichtlich hatte dieser seine Frau längst durchschaut, sein schändlicher Anschlag auf seinen Rivalen wirkte nicht spontan. Ihr Eingreifen war nicht mehr erforderlich, Karl Dorfner ließ sich eine halbe Stunde nach der Tat widerstandslos in seinem Haus festnehmen, und Mona sicherte mit ihrem Team bereits den Tatort. Sie waren erleichtert, daß die Sache für Steiner so glimpflich ausgegangen war und Lisbeth und ihr Sohn endgültig außer Gefahr.

Nina wartete auf dem Parkplatz und stieg zu Riemann ins Auto, als dieser endlich erschien.

"Okay, fahren wir los... *Scroller* sitzt noch immer in der Berghütte an diesem Supercomputer, vielleicht erfahren wir unterwegs mehr über Lansing..."

Riemann fuhr wieder auf die Straße zurück.

"...und Melanie Behrens... so, wie's aussieht, sind die beiden zusammen auf der Flucht..."

"Wie hat seine Frau es aufgenommen?"

"Erst hat es sie umgeworfen, dann hat sie sich erstaunlich schnell gefaßt..."

"Gut, dann wollen wir mal sehen, was die Oswalds uns zu erzählen haben..."

Riemann wiegte zweifelnd den Kopf.

"Kann aber auch gut sein, daß *Bonnie und Clyde* längst über alle Berge sind... in irgendeinem Land, das nicht ausliefert..."

Nina gurtete sich an und schaltete den Bordcomputer ein.

"Die Hoffnung stirbt zuletzt..."

Lisbeth Dorfner saß am Bett von Patrick Steiner und hielt die Hand seines gesunden Arms. Seine Verwundung hatte sich tatsächlich als glatter Durchschuß erwiesen, keine Knochen und kein Organ waren verletzt, allerdings hatte er ziemlich viel Blut verloren. Jetzt, nachdem der erste Schock gewichen war, wurde ihm bewußt, was für ein Glück er gehabt hatte. Leicht sediert, aber von tiefer Dankbarkeit erfüllt, sah er Lisbeth unentwegt in die Augen.

"Nach dem, was geschehen ist, zweifelt wohl keiner mehr, daß wir zusammengehören... niemand wird uns jemals wieder trennen..."

Eine Träne kullerte über Lisbeths Wange, doch tapfer zeigte sie Patrick ein Lächeln.

"Wir hätten das auch so durchgezogen... jetzt tut mir nur Anton leid, wie soll er das je verstehen mit seinem Vater..."

Wortlos, in ratlosem Kummer, sahen sie sich an, dann stieß Steiner einen leisen Seufzer aus.

"Wenn wir erstmal in San Francisco sind, fängt auch für ihn ein neues Leben an... vielleicht hilft ihm das darüber hinweg..."

Riemann bog in die Straße ein, in der Oswalds Villa stand. Viele der alten Häuser gab es noch, doch die meisten waren im Lauf der Zeit durch modernere ersetzt worden, nicht immer mit ästhetischem Gewinn.

Riemann hielt neben dem Gartentor, er und Nina stiegen aus. Niemand war zu sehen, die Garage war geschlossen, man konnte nicht erkennen ob ein Auto drin stand. Die Gittertür zum gepflasterten Gartenweg, der zum Hauseingang führte, war unverschlossen, doch auf ihr Klingeln erfolgte keine Reaktion. Beide wählten die Nummern, die sie von den Oswalds hatten, doch weder in der Fabrik noch bei den mobilen Telefonen meldete sich jemand.

Nina und Riemann sahen sich an und gingen um das Haus herum. Auch hinten auf der Terrasse oder auf dem Rasen davor war niemand zu sehen. Sie probierten die französischen Fenster, von denen eines nur angelehnt war, und traten angespannt ins Wohnzimmer. Sie riefen laut nach den Oswalds, doch niemand antwortete. Unsicher tasteten sie sich weiter vor und wollten schon die Treppe ins obere Stockwerk hochsteigen, als sie von irgendwoher dumpfe Schläge und lautes Stöhnen vernahmen. Sie horchten genau hin, und je weiter sie zur Kellertür vordrangen, desto deutlicher wurden die Geräusche.

Riemann öffnete vorsichtig die Tür zum Keller, und geräuschlos schlichen sie hinunter. Die Geräusche kamen aus einem Raum, der hinten im Gang lag. Nina und Riemann verständigten sich mit Blicken, dann zogen sie ihre Waffen. Riemann stieß die Tür auf und sie sprangen beide mitten in den Raum.

Der Anblick, der sich ihnen bot, war monströs. Von einer schummrigen Glühbirne, die mit roter Folie verkleidet war, notdürftig erhellt, fanden sie sich im improvisierten Studio einer *Domina* wieder, nur daß die Einrichtung erst wenige der üblichen Gegenstände und Folterinstrumente enthielt. In der Mitte, hinten gegen die kahle Wand gestemmt, stand ein Eisenbett, auf das Armin Oswald mit dem Rücken zur Tür an Händen und Füssen gefesselt war. Sein Rücken war übersät von roten Striemen, die von den Peitschenschlägen herrührten, die sie bis oben im Wohnzimmer gehört hatten. Vor dem Bettrahmen stand eine *Domina*, von Kopf bis Fuß in Latex eingepackt, die Peitsche in der hocherhobenen Rechten und starrte die Eindringlinge aufgebracht an.

"Was wollen Sie hier? Sie sehen doch, Sie sind unerwünscht..."

Nina und Riemann brauchten ein paar Sekunden, um sich auf die Szene einzustellen. Eigentlich waren sie ja hier wegen dem Lansing-Fall, doch unverhofft hatten sie es wieder mit der *Domina* zu tun. In beiden Köpfen ratterten die Gedanken durcheinander.

Riemann steckte die Waffe ein und machte einen Schritt auf die *Domina* zu.

"Wir brauchen Oswald dringend für eine Zeugenaussage... bitte binden Sie ihn los..."

Die *Domina* ließ die Peitsche sinken und machte gleitend einen Schritt zur Seite. Noch rechtzeitig entdeckte Nina die Pistole mit dem Schalldämpfer, die Riemanns Sicht entzogen war und auf einem Metalltischchen neben ihr lag. Sie versperrte ihr den Weg.

"Maske runter, Frau Oswald, das Spiel ist aus..."

Riemann sah zu seiner Kollegin hinüber und war vollkommen verwirrt. Hatte Nina jetzt den Verstand verloren? In seinem Kopf fügte sich die Aussage des Jungen, er habe eine Frau gesehen, noch nicht zu einem großen Ganzen, ihm fehlte die Information von Ninas Gespräch mit Mona, als sie über den zweiten *Domina*-Mord diskutierten.

Nicht viel hätte gefehlt, und er wäre Nina in den Arm gefallen, doch die *Domina* zog gerade mit allen Anzeichen des Widerwillens ihre Maske vom Kopf. Es war Verena Oswald, die zum Vorschein kam, ihre schwarzen Haare schüttelte und die beiden Kriminalbeamten mit einem Blick bedachte, der töten konnte. Ihre Augen waren von einem so dunklen Blau, daß sich ihre Pupillen kaum von der Iris unterschieden. *<Sie hatte schwarze Haare, und ihre Augen waren sehr böse...>*. Erst jetzt, und als er die Pistole mit Schalldämpfer in Ninas linker Hand sah, fiel es ihm wie Schuppen von den Augen: Sie hatten gerade den *Domina*-Fall gelöst.

Der Streifenwagen mit den Oswalds war gerade abgefahren, als Mona, allein in einem Wagen der Spurensicherung, vor dem Gartentor hielt. Sie stieg aus und knallte die Tür zu, sie war offensichtlich mies gelaunt.

"Hört mal, ihr Junkies, sagt mir gleich, wo die nächste Leiche liegt... ich fahre jetzt schon meinen Leuten voraus, weil wir mit eurem Tempo nicht mithalten können..."

Riemann nahm Mona sanft in den Arm.

"Okay, Mona, sobald das alles erledigt ist, laden wir dich groß zum Essen ein..."

Mona war schon besänftigt, doch so schnell gab sie nicht auf.

"Wer's glaubt, wird selig... was ist mit Lansing?"

Nina lächelte verlegen.

"Das hat *Scroller* für uns erledigt... auf Lansings Computer spürte er die falschen Identitäten auf, mit denen er und Melanie Behrens verschwinden wollten... man hat sie gerade noch am Flughafen erwischt..."

Mona lächelte jetzt auch.

"Ja, unser *Scroller*... den kriegen sie gar nicht mehr von diesem Supercomputer weg und aus der Berghütte raus..."

Riemann stieß Mona an und deutete auf die Villa.

"Warum gehst du nicht mit uns rein und schaust dir alles an? Ich hätte Lust auf eine Runde *Domina*..."

Gregor Hansen hatte es sich mit seinem Laptop im Bett gemütlich gemacht und redigierte seinen letzten Artikel, als es an seiner Schlafzimmertür zaghaft klopfte.

"Komm rein..."

Schlaftrunken streckte Nina den Kopf mit ihren verwuschelten Haaren herein, sie war barfuß und im Nachthemd.

"Darf ich?"

"Klar, ich mache dir Platz..."

Gregor legte seinen Laptop auf den Nachttisch, Nina holte sich ein Kissen, schlüpfte ins Bett und lehnte sich neben Gregor an die Wand.

"Ich habe so schön geschlafen... jetzt liege ich die ganz Zeit wach..."

"Hast du wieder Albträume? Du hast doch alle deine Fälle gelöst..."

"Ach, du kennst doch mein Bild von der Menschheit... sie ist wie ein Schiff auf hoher See, mit einem Leck, das sich nicht reparieren läßt, nur das Wasser ausschöpfen kann man, damit es nicht untergeht..."

"Ja, das ist ein passendes Bild..."

"Die Klugen und Vernünftigen sind im Maschinenraum und sorgen dafür, daß die Pumpen nie stillstehen, während die Abgestumpften und Blöden, die von nichts eine Ahnung haben, auf dem Promenadendeck feiern..."

Gregor sah Nina fragend an.

"Und? Was willst du damit sagen?"

"Ich bin es leid... ich will raus aus dem Maschinenraum... ich möchte endlich leben..."

"Ja, aber... du bist doch so gut in deinem Job..."

"Mag sein... aber es ist doch so... schnappe ich hier einen Dreckskerl, taucht dort schon der nächste auf... es hört nie auf... es ist ein wie Faß ohne Boden..."

"Hast du das nicht schon vorher gewußt?"

"Ja, vielleicht... aber es ist alles so krank... ich dachte, ich könnte den Menschen etwas Gutes tun... doch sie sind alle so gleichgültig und kümmern sich nur um sich selbst..."

Behutsam legte Gregor einen Arm um sie.

"Was willst du tun?"

"Ich werde sicher eine Arbeit finden, die mir sinnvoll erscheint... ich will nichts überstürzen..."

Eine Weile herrschte Stille, dann hob Nina wieder an.

"Aber da ist noch etwas..."

"Nur zu, ich höre..."

"Ich habe dir doch erzählt, daß ich meine Mutter zum Essen einladen will..."

"Ja, das hast du mir gesagt..."

"Roland und Mara kommen auch..."

Gregor sah Nina prüfend in die Augen.

"Du hast neuerdings immer so einen merkwürdigen Gesichtsausdruck, wenn du von deinem Bruder und seiner Freundin sprichst..."

Nina wurde verlegen und wich Gregors Blick aus.

"Ach ja? Es ist nur... sie sind ein wirklich tolles Paar, und sie wollen bald zusammenziehen..."

Gregor schüttelte verständnislos den Kopf.

"Ich verstehe nicht..."

Ninas Stimme nahm einen gereizten Ton an.

"Nun, es würde mich sehr kränken, wenn sie... ich bin schließlich seine ältere Schwester..."

Gregor drehte den Kopf und sah Nina forschend in die Augen. Endlich fiel der Groschen, und eine große Heiterkeit überkam ihn.

"Ach, das ist es also! Warum so viele Worte?"

Gregor küßte Nina auf den Mund, rutschte im Bett nach unten und zog sie mit sich, bis sie beide dicht beieinander lagen.

"Wenn wir die ersten sein wollen, machen wir uns am besten gleich an die Arbeit... wir dürfen keine Zeit verlieren..."

Gregor preßte Nina noch enger an sich und fuhr mit einer Hand zielstrebig unter ihr Nachthemd.

Nina sträubte sich zum Schein und tat so, als ob sie schmollte.

"Egal, was ich dir erzähle, du willst nur deinen Spaß..."

Gregor stützte sich auf einem Ellbogen auf, ohne seine andere Hand zurückzuziehen, und spielte den

Empörten.

"Ich tue nur meine Pflicht... aber bitte... ich lasse dich gern an meinem Vergnügen teilhaben..."

Ein lauer Sommerwind wehte durch das offene Fenster herein und kühlte etwas die Hitze herunter, die sich zunehmend im Schlafzimmer ausbreitete.

Zeitfracht Medien GmbH
Ferdinand-Jühlke-Straße 7
99095 Erfurt, Deutschland
produktsicherheit@kolibri360.de